사과가 있는 토요일

시작시인선 0558 사과가 있는 토요일

1판 1쇄 펴낸날 2026년 2월 27일

지은이 강시현
펴낸이 이재무
기획위원 김춘식, 유성호, 임지연, 차성환, 홍용희
편집 이호석, 박현승
편집디자인 김지안, 장수경
펴낸곳 (주)천년의시작
등록번호 제301-2012-033호
등록일자 2006년 1월 10일
주소 (03132) 서울시 종로구 삼일대로32길 36 운현신화타워 502호
전화 02-723-8668
팩스 02-723-8630
블로그 blog.naver.com/poemsijak
이메일 poemsijak@hanmail.net

ⓒ강시현, 2026, printed in Seoul, Korea

ISBN 978-89-6021-842-0 04810
        978-89-6021-069-1 (세트)

값 11,000원

사과가 있는 토요일

강시현

천년의 시작

시인의 말

늙은 그림자를 빠져나가려는데

탯줄이 자꾸 목을 감았다.

2026년 새봄
강시현

차 례

시인의 말

제1부

제4부

해　설

제1부

여자가 춤추는 미래

버스에서 내린 일가친지들은 남은 두어 시간 기다리며
커피를 마셨다
헤이즐넛으로
아메리카노 원샷 추가로

그동안 화구에 누운 여자는 부지런히 뼈를 태웠다
발골실이 호명하자 여자는 흰 항아리 안으로 걸어 들어
갔다
먹이를 부수던 틀니도 제거되고
가슴이 두근거리던 증상만 그 속에 남았다

세월의 굼뜬 그림자는 곱은 손을 흔들며 중심을 놓치고
개망초꽃 일렁이는 개울가에 가까스로 이웃들은 살아남
았다

삼월 매화를 귓가에 꽂아 주며 웃던 날은 가고
연기처럼 춤추던 여자를 처음 읽던 때
마지막 조객이 된 신설 화장장 굴뚝이 커피 향을 피워 올
리고 있었다

검정 치마 비둘기

꾸욱 꾹 꾸국, 울면서
꾹꾹, 눌러 담으면
용달차 한 대에 다 실리는 세간이다
덜컹이는 어둠, 무섭게
달마저 쫓아와 죽어라 도망친 아리랑 고개다

발목이 퉁퉁 부어서도 절뚝이며 걸어 다니는 포구의 달
처럼
너무 부지런히 살아서 욕먹을 거다
천식으로 가쁜 숨만 쉬었으니까

누리기 위해 있는 게 삶이라면
버티기 위해 있는 건 생존,
악다구니와 불안의 등불을 새끼처럼 품고 가는 거다
그런 거다

어둠이 있고서야 정체를 드러내는 밤별들아
혼자 돼버린 검정 치마 비둘기야
거덜난 여생의 방물 치마폭에 펼쳐 놓고
퉁퉁 부어 울고 있는 밤이다

진공 속에 하얗게, 꾸욱 꾹 꾸국
아무래도, 오늘 밤은 이별이다

행복슈퍼 아이스크림

재개발 환영과 결사반대 플래카드가 사정없이 치고받는
담벼락 끝
행복슈퍼 앞 공터는 사람들로 흥건해 발 디딜 틈이 없다
끈적한 혓바닥
지금, 행복슈퍼에는 아이스크림 바겐세일 중이다

우기의 하늘이 비를 떨구는 동안
우리는 젖은 아이스크림을 먹는다
우리라고 부를 수도 없는 우리의 경계가
녹아 없어지고 잘려 나간 만큼
아이스크림을 베물어도 먹고 핥아서도 삼킨다
비 맞는 리어카처럼 평생을 구부리고 살아도 살림이 빠
듯한 사람들
후줄근히 젖어 아이스크림을 먹는다
추악한 생을 산대도 생활을 옭아맨 비참한 맛은 사라지
지 않을 텐데
눈길 너머, 입술 너머, 혓바닥 너머, 목젖 너머
촘촘한 즙의 미각이 내장에 녹는다

이 악물고 노천 샤워 중인 전봇대의 행렬을 피해

빗줄기는 골목길을 한데 묶어 이리저리 끌고 다니고
불어나는 흙탕물을 걱정하며
바닐라향 아이스크림이 불완전한 화학식으로 녹는다

1분위의 밑바닥을 기는 삶을 원한 적 없지만
비명과 절규의 스크림(scream)을 빨아먹는 아이스크림 맛
우리는 어디까지 서로 가혹한가?
사물은 지어진 이름대로 산다니
이왕이면 울트라행복슈퍼는 어떤가?

행복슈퍼 아이스크림에는
과거와 미래가 동거하지 못하는 맛이 미로처럼 엉켜 있다
싸구려 삶을 살고픈 우리는 수치심마저 빼앗긴 채
바닐라향 아이스크림을 먹는다
게워낸 기억처럼 행복슈퍼 아이스크림은
녹아서도 맛이 좋다

사과가 있는 토요일

이마 주름이 뭉개지도록 세안을 하고
애플 힙이 아닌 엉덩이에 주섬주섬 옷을 입히고
아파트 엘리베이터를 혼자 타고
차 시동을 걸고
과속 카메라와 신호를 따라 사거리를 건너고
구치소가 내려다보는 허벅지같이 완만한 고개를 넘고
고산성당과 파티마여성병원을 지나
싱싱한 활어처럼 펄떡이는 싱싱횟집 플래카드를 지나
죽기 전에 좌회전
애플치과와 GS25편의점을 지나
인적 없는 거리를 점령한 가로수를 지나
아이작 뉴턴의 떨어지는 사과와
스티브 잡스의 한입 베문 사과와
시위대에 터진 사과탄의 깊은 흡입과 깨진 앞니
꽃잎처럼 찢어 놓은 밀폐 용기 속 사과알을 펼쳐 보는 일
곱째 날
어때요? 오늘은 사과하세요!
창세기의 사과를 몰래 건네줄까요
아마 사과받지 못할 거예요
속도에 집착하는 모난 성격을 보여줄 거예요

이 소음과 속도전의 먼지 속에 살아 있다는 게 신기할 거
예요
오늘은 가능성의 사과가 있는지 궁금한 토요일이니까요

플라스틱 애인

　우리는 사고뭉치여서 사고무친을 사랑이라 부르며 살았
습니다
　달의 뒷면으로 그림자를 따돌리는 태양빛, 그런 공허 때
문에 아우성인 지상의 날들
　얼어붙은 수은등 아래 작은 손을 호호 불며 부를 게 마
땅찮던 그녀는
　슈퍼문의 뒷면에서 나를 애인이라 불러 주었습니다
　파닥이는 무채색 시간을 주고
　한 다발의 들끓는 무지개를 받으며
　남쪽 하늘에 별 하나가 태어났다 죽기까지 나는 그녀의
애인이었습니다

　고산으로 가는 염소 떼 뿔에 내리던 찬비 속에서도
　천국에 다다른 별들에게만 빛나던 어둠 속에서도
　나는 여전히 자랑스런 그녀의 애인이었습니다

　지독히 혼자라는 긍지가 광년의 빛에 다 사그라들 때까
지도
　익지 않을 플라스틱 과일인 우리 그림자의 열매는
　시간의 재활용 쓰레기 봉지를 뒤지던 고양이의 앞발, 그

허기에 젖어 있었습니다

플라타너스 잎처럼 크고 푹신한 낱말들을 모아 밤의 편지
를 썼다 지우던 날들은 불안의 불명확한 공유였고,
축축한 풍경을 걸치고 부정맥의 숨찬 길을 올라오던 그녀
는 내 오랜 악습이었고,

무성한 흰빛의 산란 속으로 끝없이 무뇌증 태아를 만들던
우리는 시간의 다른 층계를 더듬어 더는 키가 자라지 않
는 아이들이었습니다
망국의 비문(碑文)처럼 움푹 파여 문드러지는 적막과
반쯤 구겨진 손을 흔드는 충혈된 두 그림자, 바람의 튼튼
한 빙벽에 갇혀 울고 있었습니다

그림자 속에서 허겁지겁 환각의 즙을 빨아대던 갈증의
입술들
개꿈보다 덧없는 미래를 준대도 여전히 우리는 서로의 달
달한 애인이겠습니까
우리는 사고뭉치여서 사고무친을 서로 사랑이라 부르며
살았습니다

바르셀로나 해변

죽기 전에는 가 볼 거야

대륙의 뼈를 돌아서
이베리아반도로 가는 편도 무역선을 타고 갈 거야
오렌지 껍질을 벗기듯
몇 장 풍랑의 지층을 걷어내면 닿게 될 거야

에스파냐 말잔등에 실려 온 유럽의 고릿한 내음
안데스 신전 죽음의 향로에 피어올라
잉카는 앵카(anchor)처럼 침몰할 거야

바르셀로나 해변에서는 비둘기가 사금으로 허기를 채워
야자나무 그늘 아래까지 지중해의 파도가 연신 펄럭거
려 멀미가 나지
선글라스와 비키니가 같은 음계로 나풀거리고
성속(聖俗)의 경계엔 물담배 연기가 피어올라

합스부르크 왕가도 끝장나고
마드리드에는 바다가 없어 쓸쓸해
지중해로 향한 앞 발자국을 베껴 쓰는 뒷발의 행선지는

잔인해

외곽의 평원과 바다에 대해 박식한 바르셀로나는
튼튼한 심장을 가졌어
하늘빛 파라솔 아래
코발트빛 눈매의 이사벨을 만나 사랑을 할 거야
비키니 속 젖을 빨고 정복자가 될 거야
해변을 걸으며 낯선 노래를 부르고 전염병을 퍼뜨릴 거야
바다를 무너뜨릴 거야
바이블을 찢을 거야

밤낮으로 화끈한 바르셀로나에선 올리브 맛 검은 문신
이 어울려
흰 물결만 남겨두고 수치 따윈 잊어버려
물컹한 수평선쯤 허락 없이 만져도 좋아
혼자서는 다 그런 거니까, 나만 살아남고 싶으니까
세상은 모르는 것 천지고
나도 나를 모르고, 아무도 나를 모르니까

돌고래식당

한참을 더웠다가 갑자기 추위를 타는 바다를
골똘한 자세로 들여다봅니다
미련한 축생인 나는 돌고래 지느러미에 따개비처럼 붙어
먼바다 사방 물의 정원에서
물결무늬 한 생애 보내고 있습니다

화끈거리는 어디까지가 삶의 경계이고
냉동되는 어디부터가 죽음의 초입인지,
한참을 물의 나라로 미끄러집니다

소낙비 내리는 저녁
노란 간판에서 펄쩍 튀어 오른 돌고래가 맞아 준
식당 수문을 밀고 들어가 팔팔 끓여 온
뽀얀 국밥을 식탐에게 먹입니다

덧댄 지붕 두드리며 수문을 죄어 오는 낙수들
바깥은 죽을 맛이라도 여기는 살맛,
비는 내리는데
습한 곰팡이 슨 나 아니면
이 바다 식당에 또 무슨 근심이 서릴까 생각합니다

도처에서 장꾼처럼 몰려들던 돌고래 떼
검푸른 해구 아래로 미끄덩 사라지고
아린 불빛을 받아 내 몸에 군도(群島)로 돋는 지느러미,

그 지느러미 순하게 틀어
만신창이 뒷모습만은 내보이지 않을 요량으로
물의 맨살로 빚은 목가풍 자세를 오래 연습해 나가야 합
니다

춘경春景

신비가 목표라면,
하늘님처럼
영영 모습을 보이지 않아야
더 효험이 있을 터인데

철물점 후줄근한 간판 아래로
허연 개 한 마리 영감처럼 수그리고 지나가고,

금니빨
은수저
놋그릇
옛날돈
삽니다

삐뚤빼뚤 작은 판넬
세탁소 앞 전봇대에 꽁꽁 묶여 서 있다

맞은편 여학교 너른 화단
목련 송이 헤적이는 꽃바람에
소녀들 풍금처럼 재잘거리고

선뜻 낮달이
아껴둔 오후의 빛을 열어 준다

꽃가지 사이 한 뼘 남짓 햇살이 길게 제 영역을 넓힌다
풍선처럼 봄의 테두리가 부풀어 오른다
천궁의 유륜이 팽팽해
냉이꽃 같던 춘궁의 젖먹이들
볕으로 멱감으며, 시시각각 몰라보게 자란다

사과 한 알

비탈밭 가지 끝에 남은 사과 한 알

나는 붉디붉게 맺혔느니
드높은 벽공에 닿았느니
꽃과 날개의 뜨거운 이야기인 나는
처음인 언어이니

혼잣말을 하며
차가워지는 몸에 해거름의 잉걸 양껏 들여
불붙는 사과 한 알

우듬지 쪽엔 아물어 가던 냉기의 통증을
날던 새가 날카롭게 쪼고 갔을 것인데

고요에 매달린 막막함은 아무도 눈치채지 못하고
제 품으로 허공을 끌어당기며
서리에 젖는 팽팽한 저울추

섬 무당

뭍에서 이장된 어미 뼈가 묻힌 섬은
달빛에 밟히며 하얗게 반짝였다

물결이 부서져 울 때마다
젖은 옷소매에 육지의 풍문들이 묻어와 살았다

살림이 불어나느라 고기가 많이 잡혔다
기저귀만 한 돛은 순풍에 걸려 들뜬 자장가를 불렀고

고기잡이가 시원찮은 날엔
먼 파도에 아비가 취해
빈 술병을 안고 바람결에 흔들리며 졸았다

순한 하늘 끝이 내려와 섬이 착하게 물드는 사이
남풍에 일렁이며 아이가 미역처럼 자랐고
가무스름한 코밑 보풀 수염도 같이 자랐다

수평선이 굿북 소리 매달고 노을 아래로 걸어가던 날에도
서쪽 바닷일은 도통 알 수가 없는 영역이었으므로
섬 무당도 손을 놓고 잠긴 목이 다시 쉬었다

장작더미

숙취처럼 깨지 않고 오래 뼈를 얼리던 그해 겨울
굳은 표정으로 지게에 나무를 해다가
뒤안 가득 장작을 패서 쟁여놓고는
장작이 모두 썩어 시커먼 거름이 될 때까지
성공하기 전에는 돌아오지 않겠다던
사내가 있었다

동무들이 하나둘 죽기까지
아직 돌아오지 않는 그를 두고
고향이 그를 버렸다느니
그가 고향을 등졌다느니 항담이 분분했지만
그러던 사이
장작은 썩고 두엄더미가 되어
그 속에서 허연 굼벵이가 나오고 컴컴한 뱀 굴도 생겼다

박쥐 자세로 어둠에 매달려서도 여축없이 시간은 흘러
그가 떠난 빈집은 씨간장처럼 졸아 거미성(城)이 되었고

바람결에 간간이 사내의 소문들이 실려 오던 날엔
썩은 장작더미가 동구 밖 헛것을 보고도

멀리까지 야윈 손을 흔들어 댔다
아지랑이였다가
폐쇄된 숲이었다가
어둠을 꿰매는 달빛이었다가
달을 보고 짖는 늑대의 하얀 울음이기도 했다

민들레꽃과 점무늬를 두른 나비

서로가 삼라만상인
민들레꽃과 점무늬를 두른 나비,
처서 지나고
밝은 햇살 아래
예닐곱 살 아이처럼 즐겁다

민들레는 제 빛깔로 흔들릴 뿐
한치도 자리를 바꿀 수 없는데
나비는 바닷가 여기저기 경계 없이 자꾸 날아다닌다

빛은 튼튼해지고
하늘은 창해를 닮아가는데
멀리 날아간 점무늬 나비는 돌아오지 않고
민들레꽃은 나비가 사라진 먼 길을
꽃씨가 돼서야 찾아 나선다

꽃씨는 가벼워진 몸으로, 들로 강으로
산으로 바다로
하염없이 나비가 해체된 가을 그림자 위를 떠다닌다

둥둥 둥둥둥 둥둥

속절없이 세월은 흐르고

그예, 나비 몸에 꽃씨가 뿌리를 내렸는지
샛노란 향기 스몄는지
저 멀리
지하철 출구로 쏟아지는 사람 떼 헤치며
표구(表具) 속 시든 민들레 언덕으로
점무늬를 두른 나비,
돌아오고 있다

산 봄

산수유 노란 혀
골짜기 데워

십삼 도 꽃바람에
구름의 문양이 찍혀 오는 사내여

울도 없는 집 굴뚝에
피는 저녁 연기

같이 살아서,
뜨거운 꽃잎을 벗겨도 좋아라

동생이 피던 날

수족냉증의 계절이 지고
캄캄한 날이
오, 무너지네 허물어지네

무너지던 엄마를 가까스로 부축한 건
벌떼처럼 윙윙 피어나던 산벚꽃

놀란 입을 가리지도 못한 채
캄캄하던 엄마는 초야처럼 무너지네

금수골 산벚꽃이 허튼 꿈 꾸게 하네
육십갑자 허튼 꿈 꾸게 하네
오, 엄마를 밀어 허물어뜨리네

어쩌면 동생이 다시 필까
오는 봄마다,
몇 번이고 지웠던 배가
더운 산벚꽃으로 다시 차오르네

고운 님 오실 길은

고운 님 오실 길은
하도 멀어서,

하매 산딸이 발갛게 익고,
낮은 구름이 단비를 풀어
홍작약이 피었다 지고,

아침 햇살보다 먼저
수수 그림자 성큼 담장을 넘어 들어와
놀란 참새 떼
푸르륵 점으로 흩어집니다

해는 길어서,
처마 밑 제비집 곁으로
서숙빛 노르께한 햇살이
긴 부리를 들였고,

문설주 튼 입술을 빠는 어스름은
어둠에 잘릴 길이 미리 치르는
환상통의 잔치이겠습니다

노루귀꽃만

오는 봄이 일러서
참꽃은 여태
열여섯 분홍 젖꼭지

오는 봄이 일러서
생강나무꽃은
간질간질 노랑 어지럼증

오는 봄이 일러서
졸참나무 낙엽 비집고
귀만 쫑긋!

흰 구름 지나는 기척에
무슨 조바심으로
노루귀꽃만 쫑긋!

살몃살몃 아지랑이 속을 걸어서
더벅머리 새털구름의 구애에 못 이긴 척,
이젠,
두리번거리던 잎을 밀어 올려 다오

겨울밤

팔베개하고 누워
내가 먹은 나이를 생각하고
먹다 남은 식은 고구마 같은 허름한 시간을 생각하고
가련히 버려진 앳된 날들을 생각하고
얼어붙은 지붕에 밤새 잠들지 못할 바람을 생각하고
불 끈 뒤에도 내 어두운 밤을 쓰다듬어 줄 뭇별을 생각
하고

모로 고쳐 누워
두멍의 살얼음을 깨 밥지을 아침쌀을 염려했을 어머니
를 생각하고
목침 베고 골방에 누워 코를 곯던 옛사람을 생각하고
또, 내가 덧없이 먹을 세월의 풀린 강물을 생각하고

겨울은 허름한 골목에 숨어드는 남도의 작부를 닮았다
는 생각을 하다가
나를 둘러싼 모든 행성이 가난한 축제를 즐기는 밤이라
는 생각을 하였다

얇은 귀를 메모하다

먼바다에서 돌아온 후에도
달포에 한 번은 송홧가루 뿌려 놓은 듯 편도가 헐고 백
태가 끼었다
게다가 편두통까지 겹치면
통증에 소스라쳐 애먼 벽까지 긁어 대며 몇날을 온몸이
땀에 절었다

얼마 전
한번 걸리면 뼈마디가 녹는 듯 아프다는 말이 얇은 귀를
파고든 적이 있는데
불쑥 목돈 들여 예방접종 받을 생각을 하니
보름께엔 집에다 돼지 사태 두어 근이라도 끊어다 줘야
겠다던 다짐이
사태처럼 무너져 내렸다
주사 한 대에 식솔들 배 불릴 요량이 사그라질 판,

그날 따라 이른 귀가,
좁은 미닫이창 너머로
너른 띠 모양 오톨도톨한 별들이 마구 돋아나는데
하늘님도 욱신욱신 대상포진을 앓고 있는 모양이었다

너를 기다리지 않는 기술

이제부터 너를 믿지 않기로 해
불붙은 초록들이 펼치는 메스꺼운 춤은 그만 보기로 해
초록은 거짓말을 했어

물속에서 너의 불기둥을 세우는 일이나
에로틱한 입술로 빨려 들어가는 아이스모카커피의 배역
이나
너를 기다리는 방식이므로
끈적이는 여름의 액체는 혼자 마시기로 해

한나무에 살면서 번갈아 서로의 생사를 확인하는 매미
울음처럼
먼저 허기지는 쪽이 저녁 끼니를 준비하자는 듯
다중적인 의미의 문자만 골라 쓰는 수화기 너머 너의 어
휘력
의미를 비틀어버리는 접속사처럼 너는 어둠마저 비틀어
버릴 테지만
가위바위보로 운명을 알려 줄게
민감정보로 가득한 현재의 광활함에서 정직한 미래는 탈
진할 거야

입술을 빨아 대며 남은 감각을 거덜내는 너의 휘파람
복잡한 시나리오가 토해 낸 어지럼증을 상영하는 스크
린 속으로
너는 달아나고
깜빡하고 남겨둔 체취도 가져가 버리고

네 속을 보여 달란 말은 않겠어
속눈썹을 뒤적여 숨은 눈물을 찾겠지만
환청과 환각과 환멸 중에 하나만 골라 봐

헛기침하는 황혼 녘을 지나
신기루의 영토를 빠져나오고 싶어
일몰의 그림자는 긴 혀로 돌사탕보다 단단한 외로움을
핥고 싶겠지
여름꽃은 흠뻑 풀물이 들어 살 테니
돈오돈수의 무릎을 치는 일도 마지막이야
아무래도 너와의 간격을 좁히는 것보단 거래를 트는 게
더 낫겠지
이제부터 너를 기다리지 않기로 해

비주류는 우리의 바뀌지 않는 인상착의야

우리는 도시의 뿌연 이마를 가르고 가는 강물에게 말을
걸어
언제나 처음인 말투로 얘길 하지

우리는 따뜻한 음식과 잠자리가 간절한 뒷골목을
여태껏 떠나지 못하고 살아
관심과 열광은 가벼운 가십거리야
촛불처럼 가까스로 우리는 살아 있어
잿빛으로 꺼질 때까지 처절히 남아 있어

중심에서 멀어진 갈래,
우리가 다른 곳에서 다시 만난다면
장미가 피워 올리는 붉은 담장을 선물하겠어
들꽃으로 지어 준 노래를 목이 쉬도록 부르겠어
쓸쓸한 몸들의 위치를 위해 반달을 쪼개 놓겠어
습지의 갈대밭을 밀물의 자세로 기어오겠어
바다 밑둥에서 자라는 해령(海嶺)을 돌아
홍조 띤 표정의 사막까지 떠돌겠어

시간은 등짝을 보이며 서둘러 가도

비주류는 우리의 바뀌지 않는 인상착의야
뒷골목을 쫓는 검은 발자국 소리여
몽타주를 뿌리고 바다의 창고를 뒤져서라도
우릴 잡아 봐, 잡아서 가둬 봐
우리는 즐거운 음지식물
잿빛으로 꺼질 때까지 처절히 살아 있어

제2부

서식棲息

늦서리가 물러간 사월이면
당신은 비탈밭 경사면이나
뒤안 너머 빈터에 호박씨를 심었습니다

덩굴손이 허무의 공간으로 뛰어들면서
아무것이나 붙잡을 요량으로
심연의 물컹한 시간을 감아올렸고
날벌레들이
너른 호박잎 아래서 눅눅한 가정을 꾸리고 번식했습니다

고산족 라디오처럼 서로 신호를 잡지 못해
소음으로 지직거리던 식솔들의 주파수

모두 덩굴손으로 살았고
돌발성 애증을 염탐했고
쓸쓸함은 당신의 가장 오랜 직업이었습니다

흰자위만 남은 당신의 슬픈 눈 같은
늙은 호박의 배를 갈라 말린 하얀 씨앗이
우리 몸의 빈터에서 또 몇 대를 살다 갔습니다

미인도

수려한 이목구비와 다듬어진 체형을 상상했다면
우선 실패부터 안겨 드리겠습니다

당신이 개망초꽃을 아주 닮았다는 생각을 하며
산노을에 불 켜진 길을 걸어왔습니다
여름을 키우던 당신은 처음 본 식물 같았습니다
당신의 몸이나
살구나무 잎이나
신열을 접붙여 놓은 탓에 낮달처럼 부풀어 있었습니다

여름을 꽁꽁 앓던 당신 머리맡에 턱을 괴고
윗목 구석 다듬잇돌처럼 우두커니 앉아
당신 몸에 피는 삼십구 도의 쓸쓸함을 읽어 보기도 했습
니다

눈 녹을 무렵부터
강물을 거슬러 오른 연어처럼 군데군데 당신은 몸이 헐
어 아팠습니다
스웨터 목처럼 늘어난 당신의 장방형 신음 위로
스물네 절기가 지나가며

쌀뜨물 같은 별이 뜨기도 했습니다

앓는 당신 곁에 이따금 당신의 졸음을 베고 누워
하루에 한 줄씩 당신을 읽으면 내 눈에
아무렇게나 길을 낸 실개천이 흘렀고
마른 젖을 방바닥에 늘어뜨린 당신의 긴 잠이
내 몸에 자리 잡았습니다

강풍에 살구나무가 풋열매의 손을 놓치고
자신의 노후를 지켜주지 않는다고 여름이 취해 비틀댈
무렵
한 번도 당신을 미인이라 불러 준 적 없던 나도
어떻게든 당신을 더는 볼 수가 없게 되었습니다

오십 대

읽던 책을 덮고
왜가리만큼 목이 길어지는 때다

검은 쇠구슬 한가득 입에 물고 걷는
쑤시는 몸의 길이다

돈 대신 세상의 매를 잘 버는 나이,
푸른 사상의 이십 대는 되새김질조차 안되는 나이,
납작만두처럼 엎드린다고 안될 게 되지도 않는 나이,

십오 년 밥 벌던 일터를 떠밀려 나오고
두 번을 폐업하는 사이
살림살이에 버짐꽃 피더니
단단하던 날들이 낙과처럼 물렀다

지상의 따뜻한 색들만 버무려 놓은 칠흑은
어둠의 잔해를 뒤적이던 내 별들을 불러 세워
제 가슴을 치며 꺽꺽, 같이 울어주기도 하였다

눈 한번 비비고 가을꽃 보면

어둠은 지나가는 여우비처럼 잠깐일지도 모른다더니,
낮달 보고 제 그림자에 놀라 컹컹 짖는 짐승이다

또렷해지는 풍경들
무릇, 곤장 오십 대는 맞아야 온다
지난 생은 아직 들키지 않은 스캔들로 가득하고
멀어진 순수에 응당 치러야 할 모진 대가(代價)
아직, 뼈가 타는 화형의 시간이 남아 있다

흥겨운 노래

툴툴거리는 버스에서 흘러나오는 노랫가락이
눈동자에 파고든 노을을 적신다
쿵짝쿵짝 쿵짜자 쿵짝 네 박자 속에
사랑도 있고, 이별도 있고, 눈물도 있네
송대관의 유행가 가사는 제 몸통의 비유를
한 번 더 비틀지 못하고 종점에서 저물고

미움을 배운 사람은
그 미움 때문에 오래 고통받다가
마지막엔 미움의 얼룩 곁으로 간다

통증은 소낙비에 젖듯 뿌리를 잘 내려
짧은 향년의 지붕을 단숨에 수몰시켰다
긴 목을 빼고 전신을 흔드는 어둠의 불꽃들,
타오르지 못해 서러운 불꽃들과
도돌이표 없이 끝나는 노래 같은 짤막한 심지의 생

길고 길어서 도무지 사위지 않을 듯하던 희망의 불꽃들은
지상의 아무것도 불태우지 못하고 흔들리다가
어두워지는 바다의 얼굴을 그의 신분증으로 남겼다

사람은, 보낸 후에
엉망진창의 노래가 되는 일도 있다

피할 수 없는 휴일

긴 대바늘 모양으로 닳은 할매 비녀처럼
연명의 지각(地殼)이 얇아져
불행을 사랑하게 되는 날

헌 옷가지를 뒤집어 빨며
세상이든 네상이든 한번쯤 뒤집어졌으면 좋겠다고
존재가 한꺼번에 사라졌으면 시원하겠다고 혼잣말을 하
면
절뚝이며 휴일이 찾아왔다
오래전부터 휴일은
쉬는 날이 아니라 뒤집히는 날이 되었다

청소를 하고 쓰레기를 치우고
달걀 한 알 풀어 보글보글 한 끼 라면이 끓는 동안
나선형으로 뒤틀린 도시는 잠깐의 자유를 상상하였다
빈 담뱃갑 속에도 희망이란 게 남아 있나?
멎지 않는 바람에
옥탑의 콘크리트 평원은 오색 빨래 경판이 되어 펄럭였다

현생의 입체적 미로에 갇혀

육신을 끌고 영혼이 허둥대는 그림자의 날들,
어둠은 가상의 빛을 두르고 어디든 나를 노복으로 끌고
다녔다

떨어지는 꽃잎처럼 거대한 휴식의 바닥으로 추락한 날,
사랑은 우리 사이에서만 창궐한 무서운 질병이었기에
낙화가 몸 안으로 쏟아지는 취생몽사의 엉터리 처방뿐
이었고,

수치심의 냄새 때문에 불행을 사랑하게 되는 날도 있었다

즐거운 퇴폐

내 새로운 직업엔
감각을 시간의 풍랑 속으로 밀어 넣고 향유하는 기술이
필요해요
가라앉고 있는 난파선에서 맨 먼저 버려야 할 물건은
도덕이나 풍속쯤

최저시급의 우울을 마시고 분노를 씹어요
맥박 없는 빈집으로 돌아가요
자음과 모음을 낳은 촛불에 거센 입김을 불어요
투명한 잠의 병 속에 깨진 거북 알을 낳아요

중세의 악보와 현세의 노랫말 사이에 사는 기괴한 도형들
눈치 없이 상냥한 이웃들
배부른 복화술의 대가들이죠

사냥총을 멘 퀭한 눈빛의 메이드 인 코리아
태양의 심장을 정조준 후, 격발!
아 그래요, 끔찍하게도 난 태양을 죽였어요
밤의 엄격한 행성들이여
태양을 살해한 나를 단죄해 주세요

나의 나에게 마지막 밤의 안녕을 물어 주세요

불모지마다 질펀한 파티의 씨앗을 뿌리고

비닐봉지에 달을 싸서 버리고

태연하게 지상의 달맞이꽃을 읽어 주세요

빛나는 태양의 질서는 애초부터 없어야 했어요

화려한 유서를 쓸 거예요

문란한 변명과 쾌감의 스케치만 잔뜩 남기고

야릇한 키스 속에서 정말이지, 아무렇게나 죽을 거예요

첫사랑이 사멸하는 풍문이 아니었다면

애원처럼 누드의 허공을 선회한 지 몇 바퀴째
활주로에
첫사랑은 착륙하지 못하고 사멸한다

첫사랑이 사멸하는 풍문이 아니었다면
더 뜨겁게 껴안고 있었더라면
우리는 팔월에
신명나게 나팔꽃을 피워 올리고
나팔꽃들은 떼 지어 즐거운 비명을 지르며
풍악을 울려 댔을 것이다

달맞이꽃에 자리를 내준
구월의 나팔꽃은
제 꽃말의 바지춤을 붙잡고 흉하게 흘러내리고

번개보다 짧았던 공유의 수명은 미래가 잠재울 가십거리
하느님의 공간에서 퇴로를 잃은 나팔꽃들이
붉은 크레용으로 그은 지평선을 물고 어둠 너머 멀어져
간다

천수의 신이 앗아간 유일한 내 염원의 손
사멸 앞에선 어떤 빛도 속수무책이다

종점

팔공산 북지장사 뒷마당은 넓기도 하여
미련한 기도로 끝내 뜨거워진 돌부처는
폐허를 숭배하였습니다

장마가 끝났다고 매미는 떡갈나무 미로에 붙어
뺨에 바른 울음소리 산허리로 쏟아 보내고,
절 아래 무당집 좁은 들창이
북장단에 징 소리로 하오의 젖은 굿을 흘리면,
금생(今生)의 시퍼런 날 위에서
박복한 날들이 얼마나 지나갔고 또 다가오는지
작두 타는 여자도 알 길 없는데

버스 종점까지 내려간 숲 그늘이
비켜난 삶들을 몰래 지고 와
북지장사 송림에 묻기도 하였습니다

따스한 날이 오래 머물도록 부려 놓은
국화에 취한 술잔들,
물컹한 초록 내음 속에 천천히 가라앉았습니다

멧새들의 통금 시간에 떠밀리듯 습관처럼 욕받이에게로
돌아가는 삶,
　하필이면 못난 놈들끼리 나누던
　'착하게 살자!'는 말은 광대무변의 덫이었습니다
　우리 닿는 곳에는 언제나
　지남철 같은 종점이 먼저 와서 기다리고 있었습니다

바다 향기

아시안게임이 개최되던 해,
바다는 안개의 벽돌로 쌓은 거대한 성이었다
이루지 못한 인연의 그물 따위
아무도 모르게 난바다에 버리고 오자고
누구에게도 말하지 못한 날들은 사치였다고 다독이고 나
면
명치 끝이 후련해졌다

진해에서 흑산도 어청도 지나
서해 물길 따라 연평도 돌아
수면 위에 흔들리던 백령도까지
검푸른 파도는 뜬눈으로 해무를 만들며 흩어진 섬들을
적셨다
물의 깊이에서 배어 나온 파도, 그 두려움의 즙이 도리어
함부로 버리려던 삶에 대한 의욕을 깊이 주사하였다
고통은 삶을 구걸하도록 만드는 양식이었다

눈이 쌓이지 않던 서쪽 바다의 폭설을 지나
홋줄을 당기던 손바닥에 굳은살이 잡혔다
경기함 마스터에 올라 새벽 견시를 서면

금산 출신의 고참은 해미 속에서 습한 통증을 심어 주
었고
다음 날 신참 수병들은 입가에 간밤의 마른 피를 물고 갑
판에 나타나곤 했다
잔반통을 함미 폭뢰 뒤에 다 쏟기도 전에
바닷새가 끼룩거리며 큰 해도를 쥐고 와서는
군모와 어깨에 비린 똥을 떨구고 갔다

그렇게 삼 년을 보땐 스물 넷이 치장한 날들이
익숙한 비린내를 몰고 왔다
올림픽이 열리던 그해, 내가 떠난 바다는 앓고 난 기색
이 역력했다
털어내고 떼어내도 여태껏 몸에 묻어다니는 비린내는
끝내 말하지 못한 또 다른 날들의 향기였는지도 모를 일
이었다

피아노를 좋아하세요?

홍매화 떨어지고
노을조차 물들어 환장하겠는데

붉은 언덕에 친구를 묻고
돌아오는 길,

왕복 8차선 황금네거리 횡단보도가
장의차 사륜구동의 체중에 눌려
뱉어내는 신음

음습한 기후의 유학지에서 막 돌아온 피아니스트의
독주회 연습처럼

달팽이관을 후벼파는 발목의 하얀 음계들 아래
함몰된 횡단보도는 평면적 죽음을 불사하고

내 영역이니 비키지 않겠다
중요한 건 개 목줄,
신발끈을 조인 행인들을 영리한 개가 끌고 간다
쇼팽의 느린 장송행진곡을 바닥에 펼쳐 놓고

후안무치의 행선지를 연주하며 행인들이 끌려간다

봄밤에 눈이 내렸고

요양원 볼록 지붕 위 구름 계단에
사다리 하나 걸고 올라
가까워진 하늘의 맨손을 잡아 봅니다

사다리 한 칸 오를 때마다
명주바람 속을
연한 목숨들이 떠다닙니다

봄바람에 하늘이 얼었다 풀리고
마른 가지 끝에 꽃잎도 풀립니다
여섯 장 은은한 꽃잎은 정다운 오누이 같습니다

외로움 한 자락 일으켜 세우는 데 꼬박 한 생이 걸린다
는 걸
꽃잎들도 알고 있다는 듯
혈육처럼 손을 흔들며 어른거립니다

땅거미 깔리고
허연 달이 꽃가지에 걸려 오도 가도 못하고 있는데
꿰매도 묶어도

녹물처럼 스멀스멀 밤의 체액들이 번져 나옵니다

늦은 밤에 눈이 내렸고,
꽃잎을 주워다 머리맡에 두면
졸음 속에 당신이 건듯 찾아와
목련꽃 그늘에 한참을 젖었다 가시겠지요

청명淸明

소라를 불듯
입가에다 손나팔을 하고
청명, 하고 부르면
하늘여관 아줌마 잔달음으로 나오신다

삼라만상이 맑고 밝아 티 없이 깨끗한 날
아득히 반짝이던 것들 되살아나고
성마른 꽃눈도 시큰하게 내려
하늘이 저렇게 눈부시다

찾아갈 곳도
찾아올 이도 없는 실바람 천지
어쩌자고 한나절 두근대며 봄물이 들어
지도가 놓친 들길 걸어 보는데

느리고 홀가분하게 살다 가는 일은 금지된 사치

생사를 관장하던 하늘 주인도
명부를 주재하던 시왕도
곤한 몸 뒤척이다 단잠에 드는,

청명의 하늘이여
누구든 이런 날 나고 묻히면 얼마나 고마울 것인가

당신의 낙엽이 춤추는 오후

나는 라일락빛 당신과 살고
잎은 지고

나는 낮달에 실눈 뜬 당신과 살고
잎은 지고

나는 쓸쓸한 햇살 입은 당신과 살고
잎은 지고

나는 당신 눈동자에 깊디깊은 샘으로 살고
잎은 지고

나는 늘어진 당신 가슴에 느린 심박으로 숨죽여 살고
또 잎은 지고

나는 응급 벨소리보다 아픈 당신과 살고
잎은 지고

표정 없이도 당신은 나를 사로잡고 나를 끌어당기고
잔혹의 군무를 추며 잎은 지고

가라앉을 물거품같이 자꾸 체위를 바꾸며
당신의 낙엽이 춤추는 오후

함부로 바닷가 낯선 도시에 가면

어떻게든 피붙이가 살고 있다는 표정으로 부산행은 미
끄러진다

혈육을 만날 운수가 있겠는가
중앙동 뒷골목은 늘어진 유행가 테잎을 들으며 종일 멸
치 쌈밥 냄새를 풍겼다
달셋방 여관에는 모기가 내 덕에 살았고
용두산 중턱에서 만 원짜리 운세를 봐주는 노인은 자기
운세 덕에 살았다

지하상가에서 산 수묵화는 사철 흰 눈이 내려 쓸모가 없
었고
바다는 중력을 가진 바퀴에게 길을 터주지 않았다
영도다리 곁에 앉은 남포동 불빛은 응급차처럼 부지런히
제 몸을 깜빡였고
물감처럼 번지는 야경은 물 위에서 흔들리며 검은 밤의
여백을 메워 나갔다
허공을 쳐부수러 산문을 떠도는 선승처럼 통영 바다로 가
는 이들은 홀가분해 보였다

시장통을 떠돌았다, 가망도 없이,

부두의 허파는 비린내로 호흡하며 폐활량을 키우고
파산의 인공호흡기를 단 피붙이의 둥지가 있는 곳이어서
혹여나 해후의 무거운 기대로 두리번거리며 두려운 휘파
람을 불어 대고
즐겁지 않은 노랫가락을 흥얼거려보고,

경부선 종점에 가면 꼭 한 번은 바다로 걸어 들어가 빠
져 죽었는데,
또 이렇게 멀쩡히, 살아가는 건 희한한 일이다
나를 품어 준 적 없던 항구에게 돌려받을 어떤 기대도 않
지만
함부로 바닷가 낯선 도시에 가면
지금 지닌 욕망과 유랑이 얼마나 맛있고, 잔인한지를 알
게 된다

폐업일

못 견디게 하는 힘은 아직 덜 닫힌 문짝에 있다

젓가락 사이 순두부처럼 물크러지는 하루
마지막까지 기다려 주던 스위치 밑둥의 어둠이
이제 그만하고 문을 닫잔다

네온사인 십자가가 구원의 붉은 막대를 흔드는 밤
불규칙한 맥박이 말복의 식당 에어컨 실외기 소음에 쓸
려 간다

절망을 베어 버리듯 한 줄의 선명한 선도 긋지 못한 날들
점과 점을 이으려 집요했던 손가락의 날들

육면체의 갑갑한 온도와 침묵을 깔고 누운 습도,
열대야의 위로(慰勞)는
요란한 가능성을 늘어놓던 뻐드렁니의 모습을 하였다

식솥들마저 벌건 녹물로 흘러내릴 내일 앞에
엎질러진 고요
무엇도 어찌할 수 없는 날

쓰고 비린 문 한 짝
마저 닫지 못하는
조금은, 원통한 날

제사장

먼 옛날 우리는
제사장의 형제였다

제사장은 우리를 사랑한다 하였고,
제단에 바칠 산 것의 목숨을
거둬오라 명령했다

고민 끝에 우리는 죽은 나무로 그 형상을 깎아 바쳤다
제사장은 형상을 내던지며 제단을 엎어버리고
우리를 화형대에 묶어 세웠다

우리는 나무 형상을 껴안고
고통의 불을 끌어올리다
이윽고 하얀 재가 되었다

겨울 바람 속을 떠도는 우리를,
제사장은 아직도 분노에 저며진 채
사랑한다 중얼대고

사랑 따위 모르면서,

그래도 우릴 사랑한다고

제임스 웹 James Webb

먼 바깥에서 몰래 끓이는
우주의 요리법을 훔쳐본 죄,

조만간 당신은
너절한 상징의 그물로부터
온갖 신성의 감옥으로부터
인간을
종속과목강문계를
태양계를
모조리 탈주시킨
범죄자가 될 것이다

졸고 있던 별 무리들 깨우며
최초의 눈을 비벼 뜨고
탐조등을 길게 비추는 날
신전의 오래된 불은 정전처럼 꺼질 것이다

신화의 딴딴한 바위가 쩡쩡,
우주 끝에서 예술적 정을 맞고 싶을 것이다

북쪽으로 달포를 더 가면

열두 마리 개가 끄는 썰매를 타고
노르웨이 북쪽으로 달포를 더 가면
한밤중에도 주황빛 물결이 일어나는 섬이 나오지

최초의 사투리로 중얼거리는 섬들이 모여
처음인 바다를 메우고
팔을 뻗은 섬들이 진주목걸이 형상의 군도를 이루어
근육질 대륙으로 가 닿으려 하지

한밤의 심심한 산책과
몰래 너를 읽는 누드의 시간이 가득하지

네가 네 방황의 고삐를 붙잡고
바다표범에게도 없는 북쪽 바다 먼 길을 간다면

노르웨이 북쪽으로 달포를 더 가서
도망가 세울 지붕 아래 가벼운 세간을 들인다면
어느 날 문득 툰드라의 쓸쓸한 지축이 찾아와
오래 데운 제 몸을 흔들어 대겠지

이렇게 살기 위하여

여름의 악보가 비의 리듬에 목청을 돋울 때
여자는 동양적 산통으로 닭 모가지 비틀 듯 몸을 비틀
었다
가을걷이가 시작되기 전
나는 태양의 신과 태음의 신이 지켜보는 가운데 만들어
졌다
이렇게 살기 위하여

바란 적이 없어도 태어난 건
여름의 과욕 때문이었다
지수화풍(地水火風)의 진액을 받아먹으며
나는 버스 엔진 같은 따스한 자궁에 누워 있었다
여자 밖으로 나가는 건 온당치 않았다

여자는 피에 젖은 나를 자궁 밖으로 버렸다
아픔으로부터 가벼워지기 위해
부르튼 입으로 탯줄을 물어뜯고 멍석 위에 나를 버렸다
나는 더워서 눈을 뜨지 못하고
유륜이 부은 달이 조무래기 별들에게 젖을 물리던 날
가벼워진 여자도 무거워지는 내게 젖을 물렸다

뉴스에 특별한 일이 없어 심심하던 날

개망초 그물망에 포획된 여자가

여름 속에서 입을 틀어막고 울었다

나는 여자가 숨긴 유물이었고

여자와 헤어진 건 순전히 역법 때문이었다

여자는 손가락을 꼽아 달의 몸짓으로 음력의 유물을 남겼으나

나는 양력(揚力)으로 뜬구름이나 타면서 살았다

이렇게 살기 위하여

슬픔은 항문이 없어

연못에 떨어지는 눈처럼
수면에 닿자마자 발끝부터 스러지는 눈처럼
녹은 슬픔은,
제때 깨닫지 못한 슬픔은,
항문이 없어
자꾸 세상 밖으로 게워진다

슬픔의 공장은 일감이 몰려
잔업과 철야를 하고
품삯으로 받은 두툼한 슬픔을 삼켜 보지만
연신 게워지는 원래의 슬픔

슬픔을 먹고
게운 걸 또 먹고
회전문처럼 거푸 게워지는 슬픔의 식사법

입과 장기의 터널을 다 지나가도록
제때 깨닫지 못한 슬픔은
이상하게도
세상 밖으로 울컥울컥, 자꾸 게워진다

제3부

삶

"참, 지독한 병에 걸렸습니다."

당신은 이 한 줄로
생의 위독을 끝마치려 하셨습니까?

목숨 부지는
혀의 열망이 저지른 잘못,

완벽한 휘발을 위해 가꿔야 했던
화염의 꽃밭이었습니까?

회향懷鄉

타관의 항구다

여관 등(燈)이 저녁을 켤 무렵
먼 노을이
붉은 날로 무참히 시야를 벤다
아득한 수평선이 꽃잎에 물든 칼날을 거둔다

뚱뚱한 달의 몸이 물결에 걸린 섬을 키우며 오른다
더 멀리 고향을 보려고
섬 모서리에 긁히며
이지러지는 제 윤곽을 안고 공중계단을 오른다

뒤돌아보면
달 밝은 아주까리 청대 아래서 우리는 울기도 하였나니
오래도록 눈앞의 길은 부르터서 야맹이다

뱃고동에 물어뜯기며 수평선 밖으로 철썩이는 물결
남은 체온이 한밤의 해로에 떨어져 녹아내린다

돌아오지 못할 고어(古語)처럼

낯선 바깥이 선뜻 말을 걸어오고
고단한 항구의 저음이 저린 팔베개에 눕는다

빈집, 고령

관객 하나 없어도
때 되면 돌아가는 읍내 영화관 구식 영사기 같소

낮은 각도로 비껴드는 햇살
분첩 두드린 듯 회를 바른 흙벽 위로
서까래 처져 내린 거뭇한 처마

제비집도 황토 녹이 스는데
군불 넣던 아궁이만 실하게 말랐소

텃밭머리 아주까리 따갑게 여무는데
대가야고분군 44호 봉분 너머
천오백 년 산노을도 순장이오

너른 어깨의 배추들이 줄지어 엎딘 채마밭 지나
강바람이 오곡을 이고 와 저녁 문간에 어른거리는데
고령 운수 유동 옛 친정집이
사각사각,
삼 지릅대 지붕 속으로 낡아 가오

마당귀에 늘어진 석류 쓰다듬는 툇마루의 손조차
등기부를 쥐어 본 적 없는 고령의 빈집이여
칠순의 참한 따님일랑 대엿새 공으로 묵어가도 되겠소?

불로 오일장 수박

팔공산 자락 휘 둘러봐도,
이만큼 인정 많은 체형도 없다
어디에도, 이만큼 원만한 성격도 없다

수박네 꼭다리 한구석에 나 있는
작은 문을 밀고 안으로 들어가면
불현듯 펼쳐지는 황홀한 장미정원

여기, 세로줄이 선명하고
궁댕이가 탱탱한 놈으로 골라야 돼
입언저리에 콩알만 한 점이 난 과일장수는
전대를 툭툭 치며 흥정의 입술을 씰룩거린다
시끌벅적, 흠, 흠,
잘 익은 사람에게선 장미 향이 난다

배가 저리 부르기까지 병원에는 다녀왔는지
초음파사진이라도 몇 장 찍어뒀는지
뜸하지 않게 친정에 기별이라도 넣었는지,
봉고 트럭 침상에 출산을 기다리는 산모들이
부른 배를 가누며 층층이 누워 있다

허허, 먹기에는 그래도 씨 없는 놈이 좋다고!
불로오일장,
화끈거리는 아낙네들 앞에
거듭 만 원짜리 벌건 처방전이 달려온다

삼복 더위에 부채질 바람 소리만 닿아도
쩍,하고 쪼개질 둥근 체형이
탯줄 잘린 푸른 꼭다리 사리물고
조심조심 들려서, 안겨서, 해거름 장미정원을 걸어간다

선지자들

선지자들은 보네
삐져나온 가짜 상표 바지가 바다를 걸어가는 오후를
헌팅캡을 눌러쓰고 폐쇄된 국경을 넘는 난민들을
좀처럼 바뀌지 않는 일상에서
피습 중인 가난이 게으름과 함께 거주하는 것을
실연이 목표인 연인들을
넝쿨장미 가시가 잡고 올라간 맨 처음의 우주인 세 시
의 하늘과
푸른 처녀막을 터트린 신혼의 이불 홑청을
신의 자손들이 벌이는 살육의 뉴스가 날것인 채 들어와
가슴을 언치게 하고
분화를 기다리는 봉우리가 가려움에 제 정수리를 긁어
대는 것을
불화의 밤이 배앓이를 하며 동지까지 길어지고
월광 알에서 도굴한 빛이 여섯 마리 협상의 새끼를 치
는 장면을

선지자들은 보네
한 다발의 기다림을 부러뜨리며
천상의 새들이 깨진 창으로 잘못 날아드는 것을

네 계절이 서로를 번갈아 죽이며 제 목숨을 부지하는 광
경을
실 끝에 매달린 풍선같이 부푼 짐작의 갈래들이 한꺼번
에 찢어지는 순간을
손바닥에 王자를 그리고 놀면 진짜 王이 되기도 하는 시
대를
절망도 함께 기다리는 이주노동자들의 슬픈 코리안드림
을
죽음의 그림자에게도 알록달록 무늬가 새겨져 있음을
전부가 부분의 흉터를 눈감고 완벽에게로 가려는 어리
석음을

선지자들은 알고 있네
현실은 언제나 예측불허인 것을
기상 캐스터들은 수명이 짧다는 것을
좀이 슬어 삭아 내리는 영원을 짐작조차 못한 순간들을
눈알만 살아남은 망원경이 실눈을 뜨자 영원은 이미 죽
은 것을
죽은 영원보다 긴 찰나를
기도의 무용성을

어린 모과와 관상어

교회당 지붕 위로
구겨졌던 하늘이 다리미가 지나간 듯 쫙 펴지고
아침의 부드러운 손이 화폭 밖으로 모과나무 한 그루 끄
집어낸다
산들바람에 모과들이 새콤한 종소리를 나팔꽃에게 날려
보내고

날이 더워지더니 장마철, 멀리서 비바람이 온다
더딘 발육의 모과들은 몇 날을 다급히 울다가
급기야 종교성 맛을 머금은 채로 떨어진다
덜 익은 부피를 거둬가 달라며 종소리도 증발한다

자기 의사를 보태지 않은 어린 모과들의 종소리와
바다의 푸른 물기둥을 만져 보지 못한
교회당 수족관 관상어 비늘들이 합동 기도회를 열고

바람과 종소리 사이, 물과 유리 사이의 투명한 위리안치
갇힌 물이 펼치는 자유와 발가락처럼 서툰 기도
걷잡을 수 없이 팽창하는 염원의 부피들 공중을 부풀린다

무슨 일로 관상어 떼는 어린 모과들을 만났나?
풍선처럼 부풀다 펑, 터져서라도
왈칵, 기도 밖으로 쏟아지고 싶었나?

첨탑은 영혼을 들어올리는 기예를 가졌습니다

넓은 등짝을 휘감은 용 문신처럼
첨탑은 불안한 영혼을 들어올리는 기예를 가졌습니다

살이 오른 봄의 두 다리는
연한 녹음의 지렛대 위에서
아슬한 균형을 지탱해 나갑니다

종루가 있는 첨탑 주위를 몇 번 돌고 나면
순간의 번식으로 초목은 짙어지고
탑 그림자도 싱싱한 이데올로기의 숨을 쉽니다

초록을 꾸렸던 날들 위로
지나온 복잡한 길들이 두꺼운 그늘이 되었고
그 그늘을 흔드는 바람의 투명한 윤곽,
연못에 고인 물의 잠에서
번영과 폐허, 탄생과 소멸의 물결을 흔들어 깨웁니다

첨탑은 복잡한 영혼을 쉽게 들어올리는 기예를 가졌습
니다
뾰족한 탑이 타워 크레인처럼

위태위태 기도 한 더미를 공중으로 들어올리고 있습니다

하지만, 기도 따위 통하지 않는 삶을 살았기에
목구멍의 건조를 막기 위해 동가식서가숙 똥볼처럼 차
이며 살았기에
어렴풋이 속고 사는 것도 삶의 한 방식,
쫓기며 시드는 것도 살아가는 특출난 재능
부탁입니다, 누구도 이런 나를 위해 기도하지 말아 주
세요

들꽃무늬 얼굴들

절며 가오, 이 길을

길섶에 떨어진 도토리는
짐승들 겨울나기 식량이니
함부로 줍지 마소
우듬지 붉은 감은
지친 날개들 식량이니
함부로 따지 마소
허기에게 가을 하늘은 무한의 양식이니
깊이 물든 생각을 함부로 묻지 마소

퇴행성관절처럼 붓고 꺾인 계절이 또 찾아와서
흩어진 살붙이들,
아린 무릎에 하나둘 들꽃으로 돋아납디까

모롱이 돌아 한참을 가도
어둠에 놀란 꽃그늘이 먼저 마중 나올 뿐
아무도 옛집으로 돌아갈 순 없소

하여, 고들빼기라든가 엉겅퀴 같은

순한 이름들만 어른거립디까

들꽃무늬 메아리로 번져오는 얼굴들에게
환각쟁이 우리에겐 악연보다
부서진 삶이 먼저였다,고 말해주고 싶습디까

오래된 괘종시계

일요일 늦은 오후
출출한 김에 감자 삶는다

마누라 햇감자 삶는 시간이 얼마나 무르익었는지
냄비 뚜껑을 열고 젓가락으로 쿡 찔러 본다
쑥, 들어간다

시계의 유구한 조리법이 목젖을 통과하면
풍미는 식도를 타고 내장에 닿고
신용도와 무관한 소화의 시간을 소비한다
소비한 시간의 한결같은 맛은 흔들리지 않는다
흔들려도 정확하다

색다른 영법 없이 꼭짓점에 닿으면 아이처럼 우는 괘종
덩치가 크면 두려움이 많을 뿐
양질의 시간을 만들어 내지는 못한다

먼 길 가는 사내의 생식기처럼 털렁거리는 진자
공유의 시간을 생산해 내기 위해 건조된 재산
연이율 서푼의 느린 몸부림으로 현재와 교미하는 늙은

장승

죽음이 풀어놓은 태엽을 힘겹게 되감는
오래된 괘종시계는 치어의 시간에게 몸집을 키우게 하고
흔들리며 헉헉거리며
짧은 수명의 수억 마리 새끼들을 방생하고 있다
예의 바르게 굴지만 경험이 많아 교활한 놈이다

사이

점점 더 벌어진다, 우리 사이,
사이는 구체적이다
쾌락의 놀라운 체위처럼 질펀하고 흥건하다
서로에게 저지른 절망이
씻을 수 없는 죄목이
묵정밭 쑥대처럼 자란다

입과 항문 사이
잘못과 속죄 사이
혀와 맹세 사이, 에서 우리는 인색한 화대처럼 서성인다

당신과 나는,
순간접착제 같은 괜찮은 관계였다가
나무와 잎의 사이시옷 같은 튼튼한 다리였다가
대륙횡단철로의 단단한 평행이었다가
성단과 성단 사이의 너른 간격이었다가

사이와 사이에 사이는 없고
사이와 사이에 사이가 있고
무수히 많은 구체적 사이가 있고

우리 사이에는 아무것도 남은 게 없고
너무 많은 것이 남아 있고
우리가 저지른 사이 사이로 창백한 달이 체액을 흘리고
오래 지샌 별들은 꼬리를 끌며 사이의 골짜기로 침몰한다

한기 寒氣

1.
배달된 쿠팡 택배 상자를 커터칼로 뜯다가
커터날을 타고 핏방울이 떨어질 때
지혈을 할까 말까 망설였어
검지는 금지된 공간을 붉게 물들이며 황홀해졌어
하늘님의 저녁 태엽이 바다에 노을로 풀어지는 꿈을 꾸
었지
오른손은 왼손 검지를 쥐고 잠들었고
살아남는 길은 어이없이 이어졌어
피는 멎었지만 오후의 그림자처럼 또 삶이 길어졌어

2.
잠의 폭포를 흘러내린 늦가을은 폐역에다 꽃을 부려 놓
았어
꽃내음 사태에 막혀 네가 탄 기차는 오지 못하고
몸에 들러붙은 장기와 혈맥의 엔진들 기진맥진하는 사이
방향을 놓친 피의 정령들은 어디로 가야 할지 잊어버리고
우리가 보낸 장면들이 낙엽을 밟으며 휘청이다 쓰러졌어

3.

갑작스런 해고 통지를 문자로 받았지, 내 인생의 중요 부위를 그놈들이 박살 낸 거야 기차를 타고 널 찾아갈까 망설였어 너는 오지 못하고 나도 가지 못하는 사이 청운의 꿈으로 드높던 침엽수들도 차례로 시들어 갔지 카페 대신 가던 개나리공원이 철거되고 폐쇄된 수목원의 새들도 냉기를 털어내며 날아갔지 화폭에서 서서히 지워지는 나의 풍경들, 음이 소거된 나의 오디오 신전이여, 아디오스!

네 온기가 그리울 때마다 보일러를 켜는 대신 성호처럼 한 줄씩 손목이라도 그어야겠어 아래층에 누수로 물어준 돈처럼 손바닥을 타고 고액의 온기가 빠져나가겠지 내 체온으로부터 누수되는 너를 어림잡아 보면 우리 포옹은 사철 대략 삼십도 간당간당하겠지 으슬으슬해지는 이제 극지의 낯선 온도를 품어야 해, 동백꽃처럼 절벽으로 툭 떨어지는 온기여, 잘 가!

꽃물

아침

틀어진 허공을 시침질하는 전봇대의 원근법 행렬
태몽에 감전된 양철지붕에 떨어지는 싸락눈 소리
맨드라미 어린 벼슬을 쪼며 여름비가 내렸다

점심

교회당 돌계단 사이 분홍 꽃물 고인 데는
비 갠 하늘이 먼저 와서
배롱나무 깨진 무릎을 흔들며 지나갔다

저녁

노을 난간에 기댄 여자가
닳은 손톱에 봉숭아물을 들일 때
오래전에 지운 아이가 하얗게 시들고 있었다
아, 아무래도 난 꽃물이 들었나 봐요
시린 칼이 지나간 아래를 만지며

밤

어둠은 만물을 낮게 엎드려 복종하게 만든다
높은 것들은 죄다 욕심이라지만

초록별의 꽃물은 삶의 낭패를 곱게 물들여 주었다
파수 보던 능선의 불심검문이 죄의 맥박에 두근거렸다

꿈

몇 광년 밖의 별 하나가 꼬리를 태우며 칠흑의 가슴을 그
었다
마지막엔 별도 죽는구나!
붉은 피를 쏟는 언해피 엔딩
미움은 흔한 재산, 불행은 삶의 빵 한 조각,
진창의 이부자리에
자귀꽃 하혈이 흘러들었다

팔월의 거리

감나무 선원 마당에
파르스름한 실핏줄 도는 행자승들
가득하다

태양이 맺어준 인연이라며
아사녀 찾아든 불국의 거리
낭군은
돌의 몸 속 볕살을 정으로 쪼아
층계마다 더운 신전을 세우지만
선원의 감은 좀체 익지 않는다

천지간이 떨어지는 볕살로 무성한 가운데
질퍽이는 상처는 그림자 없는 신전의 회랑을 기어간다

꿈틀대는 뜨거움이야 오한으로 지울 수 없으니
혀를 죽이면
가까운 날에 태양의 티끌 한 알이 머리끝에 붉게 피리라

아픔은 아픔끼리 기대어 살고
구태여

붉은 홍시를 기다리지 않는다면
팔월의 거리에선 누구나 최고의 가르침을 받는다

명문 고등학교

이름 있는 학교는 뭐가 달라도 다를 세계사 수업 시간

도회학교로 나온 날, 잘 사는 게 뭔지도 모르면서 굳세게 한번 잘 살아 보자!고 마음의 직각을 잡으며 책상 밑에 도시락을 넣고 있는데 복두꺼비상을 한 선생이 손짓을 하며 159센티미터의 나를 불러냈지

얼마나 쎘으면 썬 파워! 영문도 모른 채, 두꺼운 손바닥이 솜털 보송한 내 얼굴을 훑어내렸지

교탁에서 출입문까지 비틀거리고 처박히며 얼마나 맞았을까

열일곱 살 따귀에 불이 붙고 교실 거울도 퉁퉁 부어올랐어 세계사는 단번에 중세 시대였지

교문 앞 노점 좌판처럼 비뚤어지고 싶었으나 담배 농사로 퀭한 부모 생각에 붓기가 빠지지 않은 채로 도리 없이 첫해가 흘렀어

(친구 부모님 권유로 아내와 두 아들 손을 잡고 간 비산동교회

장로복의 한 노신사가 다가오더니 내 가족 앞에 헌금 주머니를 불쑥 내밀었어

오, 이게 누구요! 썬 파워 아니시오!

스테인드글라스 빛줄기에 영험하게 그을린 장로에게 사실은 너

무 놀라 폐건전지처럼 몸이 굳었으나, 질편하게 가래라도 뱉어 주고 싶었으나, 다시는 교회당에 가지 않을 작은 결심만 하였지)

그 이듬해 165센티미터를 막 넘긴 음악 실기시험날, 어떤 악기든 연주하면 그만이었지

내가 능숙하게 다루던 풀피리나 휘파람은 악기에서 제외됐고, 이백 원짜리 종이 건반으로 부지런히 피아노 연습을 했으나 잘 자라지 않던 키처럼 인생의 환한 빛 음악도 내게는 잘 자라지 않는 분재 식물이었어 결국 도레미파솔라시도 하나 제대로 못 다룬다고 6 · 25때 국군 평양입성행진 기수를 했었다는 거인 선생은 내 고향을 들먹이며 박달나무 작대기로 머리가 대가리가 될 때까지 두들기더니 양쪽 귀를 잡고 깃발의 높이로 하나님이 계신 평양까지 나를 당겨 올려 주었어

고스톱판의 못 먹어도 고!처럼 욕만 먹고도 나는 170센티미터가 넘었지

교장 선생이 월요일 조회 때 훈시하던 운동장 사열대 뒤 무기고가 신음으로 흥건했어

고3인데도 아직까지 차렷 부동자세가 불량하다고 군인정

신이 모자라다고 교련 선생은 무기고 어둠 속에 엎드려뻗쳐
를 시키고는 군인정신으로 쇠파이프 찜질을 해댔어

　이름 있는 학교의 삼 년간 나는 여후 앞의 척부인이었을
지도 몰라

　한 해에 한 번씩 굵직하게 얻어맞으니 뻘건 도장 찍힌 사
립 고등학교 졸업장이 나오더군
　그때까지 크리스찬 선생들과 미션스쿨의 교훈이 땡전뉴
스를 들으며 애써 나를 가르쳤지만 1984년이 돼서도 나는
여전히 교화되지 않은 나쁜 양이었어

숲의 미이라

차례상에 진설하려
박 따서 썰어 넣고
다시마, 건어물에 요가 자세 닭 한 마리 푹 담궈
나무 주걱으로 휘휘 저어
낮은 굴뚝에 매캐한 연기 솟아오르도록
한참을 아궁이에 불 밀어 넣는데

불 앞에서 사람도 달짝지근 데워져 졸다가
가마솥이 피이이 김 피워 낸 뒤,
솥 배꼽 벌겋게 달구던 참나무 장작 마당으로 빼내
물 몇 바가지 끼얹었으니

만장같이 펄럭이며 흩어지는 연기 사이로
최후는 검은 몸이 되어 반짝인다

탕국 퍼 담는 얼굴에
확, 뜨신 김이 달려들고

검은 부르카의 미이라 열없이 누워
참빗으로 빗어 내리는 제 몸의 햇살을 핥아 올린다

염포

해 돋는 기척 따라 한나절 길

우리는 서로 삶의 결말에 대해 물은 적 있으니
멀어지는 기분을 느끼려고
웅크렸다 펴는 염포의 허리

이별이 생활을 파기하던 날
해안선을 빼앗긴 안개의 몸은 불살라져 솔숲 아래 묻히고
바위에선 고래 떼가 걸어 나와
해풍에 그을린 산 그림자를 쓸어내고
허기진 바닷새는 플라스틱 물 알갱이를 건져 올렸다

돛 경작을 작파하고
물비늘만 자아내는 바다 평원의 어깨를
지나가던 북위 35도의 바람이
어루만져 주었다

쓸쓸해진 바다가 이별의 몸짓을 바꾸려
물컹한 제 높이를 건너뛰기도 하였으므로
세상의 먼길을 건드려 보기에는

염포만 한 데가 없었다

새벽

청진기도 불러서 들려 줘라
투시경도 불러서 보여 줘라

오너라
안개가 녹스는 곳으로
검은 길이 놀라 단번에 끝장나는 곳으로
고요와 어둠의 두 겹 잠 깨는 곳으로

오너라
태어나고도 사라지고
사라지고도 다시 태어나는
구체적 감각의 뜨거운 가슴 위로

기어서도 오고 닳아서도 오너라
시푸러서 연못에 하늘이 푹푹 빠지고야 마는 곳으로,
오너라
투명의 나팔들도 헛기침으로 목청 돋우는 곳으로

오너라, 겹겹의 족쇄 풀며

택시라도 잡아타고 냉큼, 오너라

저 느슨한 몸짓의 안개

시큼하게 눈시울이 젖어서 오더라
무릎을 꿇고 기어서 오더라
머리를 헤쳐 풀고 조아리며 오더라

몸이 있는 듯 없고
살과 뼈도 있는 듯 없고
핏물조차 있는 듯 없이
자오록이 한 생의 무른 마음을 걸치고 오더라

진양조 긴 소매로
감고 접고
감추고 펼치고
만들고 허물며
선잠도 들었다가 오더라

어데선가 보았더라
박속 같은 저 뒷모습을
끝내 만나지 못한
분명 그 사람 모양 저 느슨한 몸짓을

가물거리며
수상한 행색의 내일을 퍼올리며
가는 듯 오며
오는 듯 스러지더라

단애의 층계를 걸어
부끄럼도 없이
소복 치마 흘려 놓고 가더라

저 느슨한 몸짓의 안개여
허연 것들 만나면
까마득한 곳으로 몸 던지고 싶어지더라

귀향의 문장을 끓이다

허기를 느끼는 날이면
울도 없이 흙벽돌로 땋아서 올린 집이
나쁜 열병처럼 꿈결에 와서 머물렀다
곰삭은 김치에 콩나물과 식은밥으로 끓인 갱시기 같은
엄마가
머리맡에 어른거렸다

묵정밭 지칭개를 만나면
엄마는 자줏빛으로 내 어린 머리를 쓰다듬어 주었다
해거리하는 앵두나무 잎이 불임처럼 열매를 지우면
허기의 그늘 속에 박새는 초록을 물고 다녔다

어딘가로 돌아가는 발의 방향은 언제나 예측불허였고
불귀의 날들이 눈발처럼 거리에 흩날렸다

오촉 전구 아래 쪼그린 엄마는 불러도 나를 몰라보는 것
이 분명했다

손 내밀수록 더 벌어지는 간격에 섬망의 꽃들이 피어서
끓었다

엄마에게 가는 길은 광기이며 황홀경이었다
현실의 부재였고 과거의 모방이었다
돌아가지 않아도 나는 어느새 돌아와 있었고
지붕의 자막 같은 헌 신짝 벗어 두고
화면 밖으로 사라진 여자의 몸을 부어 귀향의 문장을 끓
였다

길어지는 하오의 그림자 만지작이며
붉어진 봉숭아에 부어오른 눈을 얹어 놓으면
불어 양이 많아진 갱시기를 엄마가 바쁜 걸음으로 내오고
귀향의 문장 속에서 후후, 나는 더운 김을 불고 있었다

제4부

말년의 식사

곱은 손을 말아 쥐면
옹이보다 오래 박인 지문들이
손금을 더듬는다

표정으로는 알 수 없는 울긋불긋의 무게,

감정선을 건드리던 손가락이 숟가락 위에 얹히고
성문(聲紋)을 꼭꼭 씹으면
숫돌처럼 조금씩 숟가락이 닳는다

움푹, 숟가락 하나 다 닳을 때쯤
한살이는
붉은 손이 들고 있던 무게를 기억하지 못한다

가계家系

땀 얼룩 산통의 이불 속에서 아이 첫울음이 터지고
수저 몇 벌 신발 몇 켤레 호적에 올려져 연명한 족보
머루 넝쿨로 얽혀 자라고

어떤 삶에도 필요한 산발,
쉰 줄 사내가 해거름 문지방에 걸터앉아 더듬는 가계는
무성히 길어 빗지 않은 머리카락 같다

번잡한 생각 않고 사는 게 빛나는 지혜라지만
시큰거리며 흘러서 흩어진 물줄기들,
두꺼운 얼음 녹이며 흐르는 물의 정령으로
제각기 번듯하게 나이도 먹었는지
문맹처럼 궁금하다

탈곡기에 날아간 검지처럼 아픈 저녁
뼛속 깊이 스며든 핏물이 흐르면
먼 곳의 더운 살점들도
상현달처럼 노랗게 익어 갈까

없어서 못 먹은 고기도

안 먹어서 맑은 피가 몸에 흐른다고 믿고 산 등신들
훔쳐갈 게 별반 없는 가계에는 음력 구월생이 많다
배곯지 말고 살아가라고
추수철에 지은 오동통한 이름들이 많다

아주까리 숲 그늘

노란 햇살의 치모 울창한 콩밭머리께엔
발그레한 잎과 대궁이 손을 맞잡고
어른 키보다 높이 아주까리가 올랐다

그 비밀의 숲으로 들어가
방울 묶음을 매단 주머니에서
기다리던 동화 하나를 꺼내자
방울 소리 터뜨리며 아주까리꽃이 피었다
아주까리꽃을 처음 본 나는
대번에 모란의 황홀한 기억을 놓아 버렸다

여름볕 아래
배변의 통증을 앓던 엄마는
말코를 한 이모부가 일러준 처방대로
아주까리 한 사발을 갈아 마신 뒤
열이레 자리보전을 하였다

쟁쟁한 빛살 속 아주까리 열매에서는
얼룩말들이 알을 깨고 나와
지평선 너머까지 뜨거운 벌판을 내달렸다

눈을 감고
엄지와 검지 끝으로 미끌한 아주까리 알을 비벼 만지면
금방이라도 딱정벌레 동무들이 쏟아져 나와
왁자한 소란을 늘어놓을 듯
신통한 무당이 든 것만 같았다

가슴 속이 훤히 비치던 여름,
말코를 한 아주까리 숲 그늘에서는
아득히 열대의 푸른 졸음이 쏟아져 내리고 있었다

누가 싸락눈 쓸어내고 있다

밤새 싸락눈 내린 새벽 뜨락을 누가 쓸어내고 있다
조롱박 매단 듯 길쭉하고 태반은 빈집인 대망리
끝자락에 관짝처럼 납작 엎드린 집

아직은 어둠의 찌끼가 남아 있는 때,
고샅길 끝 영감 혼자인 집에
진종일 누런 기침 소리 새 나오는 집에
기척도 없이 누가 함부로 들어가
귀퉁이 문드러진 뜨락을 몰래 비질하고 있다

마을 어귀 왕버들도 침침한 눈으로 지켜보는데

흑백 TV 일일연속극 같은 여생 화면 밖으로 미끄러질
까 봐
쇠똥구리 똥경단 같은 현생 데굴데굴 아무데로나 잘못
굴러갈까 봐
저도 흰 머리칼 성성한 그림자 하나
외딴집 뜨락 싸락눈 쓸어내고 있다

눈 쓸던 그림자 홀연 사라지고

개동산 넘어 아침 빛 늘어지며 들어와
녹슨 경운기 대가리며
조롱박 언 주둥이 녹여 주는데,
사모관대한 경락서원이 걀쭉하니 펼쳐 놓은 이 마을은
오래전부터 끔찍한 싸락눈 풍토병을 앓고 있다

몸 냄새

후끈해지는 열기를 무전취식한
좀이 쑤신 냄새들이 들고 일어선다
저기, 낯익은 사내 하나 여름 곤충처럼 냄새를 풍기며
온다

논물 대고 온 등짝 시큼내
기름때 밴 정수리 머릿내
숱한 길 버무린 발 고린내
사타구니 습한 내
똥꼬 똥가룻내
찐득한 팔의 결 따라 겨드랑이 쿰쿰내
노릿노릿 손가락 새마을 담뱃내
막걸리 트림 장전한 일촉즉발 입내
갈라진 논바닥에 핏발선 눈깔내
까슬한 볕에 익은 장독 빛깔 귓불내
진흙빛 목덜미에 쩡한 햇빛내
퀭하고 굴풋한 목구멍 꼴깍내
불안과 광기의 진한 몸부림내 막막한 내
빈틈없이 초라한 싸구려 그림자내
그리고, 사랑방처럼 다정히 나를 부르는 손짓내

심장의 흰구름내
영구 미제의 꽃바람내

세상 눈치보며 사는 게 나쁘지 않다
한생을 버티다 노을처럼 무너지는 사람들 속에서
쿵쿵대며 헐한 냄새나 맡으며 살아가라고
쓸쓸한 냄새나 풍기며 살아가라고
사내는 두툼한 재산 대신 현란한 몸 냄새를 남겼다

그리운 감옥,
면구스레 마른 몸을 맡기며 목간의 마지막 순간을 든든
해 하던
나는 가쁜 숨소리의 옛사람 냄새에 갇힌 수인이다

비둘기가 끌고 가는 동화 기차를 타고

올겨울에는
큰이모네가 사는 수정동 비탈마을에
비둘기호 느린 기차를 타고 놀러 가야지
말린 담뱃잎처럼 야위어 휘청거리는 아버지 따라
비둘기가 끌고 가는 동화 기차를 타고
뿌연 국물의 뜨거운 홍합도 건져 먹고
부산말도 배워 와야지

자갈땅을 파던 무릎에 아픈 물이 차오를 때
삐걱거리며 완성되던 동화의 시간
구름이 보행 방향을 놓치고 조는 사이
멀리 금오산 현월봉에 누룩빛 달이 걸리면
해마 자세로 웅크린 아버지는
목침처럼 딱딱하게 구석에서 늙어갔지
맹렬히 혼자인 채로

올겨울에는
봄날을 훔치러 가야지
천사의 눈매를 하고 삼복의 뒷덜미를 낚아와야지
단풍의 족보를 조작하고

바다 위를 달리는 기차에 대한 소문을 퍼뜨려야지
영양 부족의 혓바닥으로 삼동의 허벅지를 핥아대야지

올겨울에는 어린 내가
강물 따라 흐르는 녹슨 철로를 꺾어 먹고
아버지 나이를 대신 먹어봐야지

물화物化

살아갈수록 외로움의 질량은 늘어요
깎아도 깎아도 턱의 강판을 뚫고 나오는 수염처럼

사람이 아닌
개나 고양이를 껴안고 슬픔을 나눠야 하는 당신
삐그덕대는 세간 말고 누가 곁에 있나요

외롭지요
당신도 나도
아닌 척하지만, 외로움에 몸서리가 나지요

구식 휴대폰에 저장된 엄마 목소리
다행히 개나 고양이 대신
휴대폰 음성 파일에게 외로움을 위로받아요
나를 품어주는 온기
휴대폰 음성으로 남겨진 엄마가
한번 안아주지도 않고 자꾸 물어요
밥은 먹었는지
어디 아픈 데는 없는지

엄마는 휴대폰 음성 파일로 이사 갔어요
아직 하관의 눈물이 다 마르지 않았죠

음성 파일 엄마
기다리지 말아요
유월 열이레 생신날 간다는 말은 다 거짓이에요
엄마도 영영 헛것이잖아요

고비

3만 피트 상공의 몸통에 냉기의 벽돌로 지은 집,
고비는 창조의 집이어서
해진 장면들이 대부분의 삶을 부려먹는다

아버지의 첫 번째 고비는 나의 아버지로 정해져 태어난
것
두 번째 고비는 막 보급된 피임을 뚫고 느닷없이 내가 태
어난 것
고비는 또 날림으로 지은 집이어서 우발적이다

학교에 다니고 싶어
몰래 동생 교실에 대신 들어가 앉았으나
일본인 선생한테 들켜 바로 쫓겨났다던 아버지
십 리 걸어 일생에 딱 한 번 갔던 학교란 곳
깎아지른 절벽이었을 닫힌 교문 앞을 서성이다
울면서 빈 몸으로 돌아왔다던 열 살 아버지

곤경에서 고비로
모래 언덕의 신기루 학교와
없는 희망의 무지개다리를 건너다녔을 꼬마 아버지

아버지 넘던 고개를
아버지 가고 나서야 넘어가 본다

직관의 시퍼런 날!
아버지 학력란에 줄곧 국졸이라 썼던 놈이지 너는,
고비의 섬뜩한 경고를 듣고

아버지 집은 어디 있나요? 처음인 듯 묻지만
이제 당신의 퍼런 서슬로 두 번째 고비를 내려찍어 주
세요
시간의 왜소한 몸집으로 사막을 건널 때
추운 별이 일러 주는 길도 자주 놓쳐 주세요

풀의 노래

산발한 자갈밭은 당신의 식량이었습니다
콩밭 도라지밭 깨밭 남새밭에서
당신 닮은 바랭이, 쇠비름, 명아주, 강아지풀, 쑥, 여뀌,
풀만 뽑다가
손톱이 닳아 지워지고

비 개고 나면 풀
해 나고 나면 풀
돌아서면 풀
또 풀이 자라고,
풀이 지겨워
징그럽게 싫어서
풀 없는 세상에 살고 싶었는데
잡초 같은 시어머니 징그럽게 싫었는데

가을에도 풀밭에 쓰러졌다가
풀포기 하나 없는 벌건 사막에서 사는 황홀한 꿈을 꾸었
겠습니다만
일생을 쪼그려 앉아 다툰 것은 풀
빈손의 부르튼 입을 먹여 준 것도 풀

거기만은 묻지 마라 당부했는데
기어이 시어머니 아래 묻혀서
산꽃이나 피워 올리고,

풀벌레 울음에 별빛 묻어 다니는 밤
당신이 누워서 더 반짝이는 풀
풀의 신이시여, 안타까이 보살펴 주소서
나를 낳은 여자를 아시지 않나이까

담배 한 개비를 피다 보면

담배 농사로 삼 남매를 길렀다
삼복 더위에
6단보 비탈밭 끈적이는 담뱃잎을 따 건조실에 걸고
진흙에 탄을 이겨, 아궁이에 몇 날 밤낮 불을 때고 나면
퀭한 아부지가 새마을 담배 연기처럼 비틀거렸다

떼버릴 수 없는 그림자로 질기게 육신을 휘감으며 따라온
담배 한 개비를 피다 보면
얼마나 빨리 타 없어지는지
얼마나 허망하게 뼛가루로 재가 되는지
화장장 화구 속 엄마의 마지막 몸부림도 보였다

목화빛 담배 연기 속에
땀에 전 젊은 엄마가 늙은 나를 부르면
발 없이도 몽유병자가 되어 걸어갔다
물구나무선 구름이 산빛으로 피어오르는 곳으로

사람들은 아직도 담배를 피워대는 나를 보고
혀를 차지만
저 연기 속에서 하염없이 또 누가 부를 것 같아

울컥하는 속내 보여줄 길 바이 없어
매정하게, 아직 끊지 못하는 것이다

붉은

1.
서른까지 이루지 못한 것들은 낭패라 이름 지었다
낡고 닳은 이름들을 만지작이며 매질하는 세월을 보내
주었다
임시직장 첫 월급으로 빨간 내복을 사 들고 찾아간 두류
동 반지하방
우산 만들던 가내수공업이 흘리고 간 너저분한 세간 찌
꺼기들이
충혈된 눈에서 야반도주를 털어내고 있었다

2.
아홉이란 숫자는 반성하게 하는 힘이 있다
몇 번의 아홉을 건너오면서
단단히 손에 쥐고 있던 컵이 떨어져 피를 쏟으며 깨졌다
아슬하던 질서는 산산조각 났다
컵의 윤곽을 이루던 공기마저 찢겨졌다
형상은 깨지고 물성만 벌겋게 그대로 남아
아침이 밝아도 아홉이란 숫자에는 햇빛이 잘 흘러들지
않았다

3.

아내의 허리가 굵어지는 동안

셋째를 보지 못해 겨울이 빨리 왔다

상극은 서로를 매질하는 상통이고 포옹은 뜨겁게 얼어붙
는 붉은 불쾌,

세상에서 겨울도 같이 없어졌으면 좋겠다고 빌었다

하늘은 땅을 기르고 땅은 하늘을 길렀다

희망은 기다림의 높이를 키우고

겨울은 아랫도리 망가진 여자의 통증도 키웠다

4.

아버지가 가져본 가장 높은 숫자도 있었다

노름판 장땡이 아닌

빚보증 인감도장이 치러야 할 거금은 죽은 아버지의 말을
새빨갛게 하고 다녔다

가문 전답이 죽은 듯 웅크린 채 재판정의 벌건 말을 배우
던 무렵이었다

지상에는 없는 집

천사들이 붉은 수수깡으로 사흘 만에 지어준 집에 살 즈

음

　방 하나에 식구들이 칠월 엿가락처럼 엉겨붙어 있으면
　서로에게 졸음 섞인 숨결들이 한꺼번에 스며들던 때도
있었다

너는 가을을 너무 오래 익게 만들고

손바닥으로 챙을 만들어 산근 위에 올리고
풍경 밖 길을 내다보다
몽유병처럼
이마와 눈썹의 경계에 사는 희망에게로 걸어간다

죽은 새의 보드라운 털이 눈꺼풀에 흔들린다
흔들리는 새털이 들판을 기울인다
들판의 내용물이 벌어진 새의 부리로 쏟아진다

너는 엎힌 음식물처럼
가을 풍경 안에 있고

나는 너를 너무 오래 기다리고
너는 가을을 너무 오래 익게 만들고

길은 밤낮으로 열려 있으나 아무도 데려오지 않는다
죽은 새를 들고
가을 풍경에게로 내가 걸어간다

이장 移葬

수장과 풍장 사이
배꼽 둘 풀어 놓는다
흩어진 체형을 어떻게 거두든 죽음은 그대로다

엄마 가신 지 네 해
다시 아부지 떠나신 지 이태를 채 넘기기 전,
세상 예법이 바뀌었다며
벌초 따위 새끼한테 물려주지 않겠다며
종중 공동묘역을 추진하던 맏형은 파묘를 결정하였다

음력 이월 엿샛날
도굴꾼이 된 봉분 앞의 자식들이
땅속의 뭉개진 코에 절망하고
성마른 봄을 철거하는 아침

윤달의 새잎을 만지며
마른 국화는 추운 겨울에 다시 피기로 약속하였다

오점 아니면 결점을 찾아 헤매는 내생은
되지 말자고 텅 빈 묘혈에게 조아리자

햇불 켠 노을이 어둠을 치켜들었다

표표히 자주 거처를 쫓겨 다니던 습성을
아직 끊지 못한 질긴 끈,
죽음은 무한의 만다라 바퀴여서 어디에서도 잘 굴러다
녔다

찰나를 배급받았네

이른 아침
퀵서비스 배달부에게 두툼한 봉지 하나를 받았지
청하지도 조르지도 않았는데
물리고 싶은 한 생이 손에 쥐어져 있었어

의지 없이 태어난 나를 데려온 이들은
허겁지겁 오늘의 순간을 이루고 어제로 가버렸고

찰나는 텁텁하고 지겨운 맛
알싸한 간지럼증 초콜릿 맛
찰나를 먹고 나면 또 배급되는 찰나
찰나는 포도밭의 검은 흥분처럼 너무 많고

동거하는 찰나의 일기장을 다 뒤적이기도 전
순간에서 번진 무수한 잎들은
낙하산병처럼 기꺼이 떨어질 차례를 기다리는데

괄괄한 미용실 아줌마는 집 앞 낙엽을 쓰는 내게
부러진 빗자루 같은 목소리로 홰홰, 손을 내저으며
부탁이에요 먼지 나요, 영원 같은 역정을 내고

고리(高利)의 찰나를 배급받는 이 기분

내 손엔 물리고 싶은 한 생이 줄줄이 쥐어져 있었어

가려운 노래가 남아

구룡포행 낡은 버스에 올라타고 따라오는 느린 길들
두근대는 마음도 같이 승차시켰어

바다로 가는 풍경은 복고풍 헤어스타일을 하고
탭댄스 구두 신은 가로수들 차창으로 모여들고

바다 내음이 가까워지네
언제던가
늦가을 구룡포 바닷물에 발을 담그면
검고 더운 바다 여자와 사랑에 빠진다는 얘길 들었지

바퀴에 파도 소리가 먼지를 일으키며 바람 속을 굴러가고
흰 바닷새들 날아간 길엔 가려운 노래만 남아
검고 더운 바다 여자는 보이지 않네

캐스터네츠처럼 이가 떨리는 날들이 밀려오고
음악을 다 듣지 못하고 포구는 얼어버릴지라도
길의 몸에는 여전히 가려운 노래가 남아

아무래도 검고 더운 바다 여자는

수줍음에 성마른 달을 안고 늦가을 바닷물에 발을 적시고
먼 수평선 목덜미에 숨어
화한 박하 내음 입김만 내게 불어대려나

시대 유감

한때, 열린우리당은 친일청산을 밀어붙였는데요
알고 보니 당의장 신기남의 아버지가 부일매국노였죠
조기숙 청와대 홍보수석의 증조부는 동학농민혁명을 촉
발시킨
고부군수 조병갑이었고,

뿌리부터 부일매국정당으로 알려진 새누리당은 어땠을
까요
예전에 목돈 들여 〈친일인명사전〉을 산 적이 있는데,
그 두꺼운 세 권 책이 배신과 영달의 섬뜩한 내용 일색이
라 참 재미없었네요

우리는 태극기를 향해 오른손을 심장 위에 경건히 올리고
애국가의 벅찬 고동을 느끼며
자주 국가주의 내지는 민족주의의 엄숙함에 빠져들죠

우리는 선대로부터의 위대한 유산으로 북소리처럼 웅장
해지죠
부일매국노 이완용이 큰돈을 내고 현판석 글씨를 썼다
는 독립문,

거기에 부일매국노 박영효가 창안했다는 태극기도 새겨
져 있고
그 태극기를 지키려 우리는 목숨도 바칠 준비가 돼 있죠
부일매국노 윤치호가 썼다는 가사에
부일매국노 안익태가 곡을 붙였다는 애국가를
4절까지 우렁차게 부르면 국가관이 투철한 애국자가 되
죠

티없이 맑은 하늘에 태극기 힘차게 휘날리는 겨울날,
마냥 푸르고 곧게 뻗어가는 잣나무 숲을 오래 걸으며
반만년 줄기를 저리 세우려 엄동에도 핏물 밴 마음 곧추
세우던
옛 사람들 우람한 지조를 생각합니다

사소하다

부러진 책받침이나 녹슨 옷핀처럼
언제 밥이나 한번 먹자는 말처럼
세상은 사소하다

찰과상이나
반송된 편지처럼 한 생은 사소하고
일상은 더 사소하다

말라가는 줄기에서 몸집을 키우는 텃밭의 오이 몇은
폐기될 뼈만 남아 삶의 줄기를 잡고 버티는 늙은 부모의
적은 재산에 열중하는 자식들을 닮았다
가면의 웃음을 흘리는 사교의 빼어난 침착성을 닮았다
사람의 시간은 사소하므로
민낯을 수선하던 거울이 깨진 일도
깨진 조각으로 그은 손목을 횡단하던 어둠도 사소하다

별의 무리가 한꺼번에 비추어
바다 위에 뜬 섬마을이 크게 들썩였다 가라앉고
뭍으로 번지는 생활의 사소한 뉴스들이 해진 물결의 그
물을 기운다

끼니 앞에 누가 죽고 죽여도
방바닥에 깎여 널브러진 발톱처럼
언제 술이나 한잔 하자는 지나가는 헤어짐의 말처럼
세상은 멋지게 사소하다

헤어지는 길

청주의 이순규 할머니는 스물에
열아홉 오인세 신랑과 부부의 연을 맺으셨단다
전쟁 나던 해
신혼 7개월 만에 열흘만 훈련받고 오겠다던 신랑이
스무 해가 넘도록 소식이 없자
사망신고를 하셨고,
그러던 중 20차 남북이산가족 상봉에서
65년이 흘러서야 늙은 신랑을 다시 만나셨단다
2박 3일간 12시간의 만남
북쪽에서 새장가 든 신랑은 육 남매를 두셨다는데…

신랑에게 서운하진 않은지 할머니께 여쭈니
살아 있어 줘서 고마우시단다

분단의 선물
이산가족 상봉

또 헤어지는 길,

땅에서의 무거운 인연

순간이 영원의 손을 붙잡고 흔들고

살다 보면 다시 만날 날 있으리라고
산천이 떠나가도록 크게 울어볼 날 있으리라고
순간과 영원이 하늘에 빈손을 흔들던
서기 2015년 가을 금강산

두 개의 불빛

둘이라는 말은 외롭지 않아서
도라지즙처럼 장복하고 싶었다

소주 두 병과 구운 오징어 한 마리를 끼고서
벗 하나와 여름 성불산을 올랐다
산 어둠 속에서 한 올씩 길이 풀어져 나왔고
세상은 고요의 힘에 떠밀려 저만치 멀어져 갔다

중턱 너른 바위에 앉아
멀리 흔들리는 도시의 불빛을 내려다보며
어쩌면 먼 후일 우리 여생이
집과 자동차, 두 개의 불빛만을 쫓아 고갈될지도 모른
다는
두려움을 부어 마셨다
순간과 영원은 삶과 죽음처럼 이어져 있기에
우리는 함부로 영원을 입에 담지 않았으나
각자의 주거지에서 무엇이 생겨나고 사라질지
우리는 알지 못했다
다만 모자란 여름밤과 취기를 아쉬워하였다

서른 해가 넘게 흐른 뒤에도
깊이를 잴 수 없는 감정의 갈래는 보여주지 않기로 하고
우리는 서로 세상에게 기울어져
두 개의 불빛에 흔들리는 불안한 수평을 선물하였다

여름 산과 두 개의 불빛에 젖은
우리의 나머지는 산을 내려왔고
내 전부는 아직 산을 내려오지 못하였다

웃음은 나의 지옥

내 웃음 안에서 나는 자주 넘어졌다

이승에서 소화하지 못한 웃음은
헐값의 페인트 같은 피로 아주 굳을 것만 같아
웃음을 턱이 아프도록 씹었다

단물 빠진 웃음의 표정을
낮에 씹던 껌처럼 바람벽에 붙여 놨다가
다음날 다시 씹었다
당해 씹던 껌을 후년에 또 씹었다
씹지 않으면 웃음은 휘발해 날아갔다

웃음은 내면을 감추고 손톱과 터럭을 길렀다
웃음에게 믿음의 동기는 무표정에 있었다
웃음은 문장의 완성이었고 만남의 마무리였다
웃음은 광인의 벌어진 입의 형상을 하였으나 그 내면은
간단한 방정식으로는 풀 수 없는 난해한 부호의 조합이
었다

때로 웃음은 불화의 높은 자존심이었고

거짓말은 웃음의 복잡한 유전자였다
나는 늘 웃음에게 휘둘렸다
미끄러운 웃음을 감당해 내지 못했다

내 꿈과 이상은 웃음거리였고
젤리처럼 말랑말랑한 웃음 송이들이 확성기를 타고 흩
날렸다
웃음은 나의 지옥
걸핏하면 내 웃음 안에서 나는 넘어졌지만
평생을 나는 웃었다

엄마의 별난 식욕

한참 어른이 된 내가 가죽나무 아래 앉아
부지런히 엄마 치마폭에 묻어다니는
어린 나를 불러내 조용히 타이른다
안 그래도 엄마는 힘드니까 자꾸 조르지 말라고

마른 달이 뜨고
사흘을 앓던 엄마의 잠 곁으로 가
슬며시 팔베개를 하고 눕는다

엄마는
오촉 백열등 바람벽 아래 곤히 잠든
어린 새끼들을 먹이려 치마폭에다 밤새 별을 땄다

식칼에 손가락을 베인 어둠이
엄마가 딴 별로 풀풀 김이 나는 미음을 쑤어 오고

소반 다리 위 뜨신 미음을
별빛 사이로 내려다본다면
오늘 밤엔 몽실몽실한 어린 것들이 아주 더 이뻐져서
눌렀던 엄마의 식욕이 넘치게 차오를지도 모를 일이다

사과(沙果)와 사과(謝過)와 사과(赦過)

김재홍 (시인 · 문학평론가)

너를 기다리지 않는 기술

강시현 시인의 신작 시집 원고를 읽으며 시란 무엇일까 하는 생각이 떠나지 않았습니다. 그가 양식을 문제시하고 있다거나 개념적 도전을 시도하고 있어서가 아닙니다. 시를 읽지 않는 시대에 시를 쓰는 무모한 행동 때문도 아닙니다. 그것은 이미 수만 년 시사(詩史)의 반복이니 말입니다.

'사과'를 근원적 이미지로 하여 그가 편편마다 주목한 세계의 현실이 우선 처연했습니다. 아득했습니다. 개인적 경험과 시대적 상황이 엇갈려나가고 내적 토로와 외적 표현이 매우 감각적으로 어울리는 양상을 보면서, 그를 통해 저를 생각하게 된 것입니다. 비동시적 동시성(에른스트 블로흐)이라고 할 만한 동질감에 몸을 떨었습니다. 어쩌다 시귀(詩鬼)에 들어 이토록 시시(詩詩)하며 살아가게 된 것인지 묻고 되물었습니다. 대체 시란 무엇일까요.

누구는 세상을 한탄하다 시마(詩魔)에 들었고, 누구는 아픔을 견디다 도망쳐 찾아든 곳이 시라고 했습니다. 시는 부실하기 그지없는 존재자들의 탄식과 비명과 아우성 속으로 끊임없이 파고들었습니다. 그렇다면 강시현은 무슨 사연으로 시의 길에 들어섰으며, 저는 또 어찌하여 이토록 시를 벗어나지 못하고 있는 것일까요. 아니, 시는 왜 강시현을 파고들었으며 또한 저를 파고들었을까요.

저의 시 읽기는 그냥 읽기가 아니라 그의 어깨를 훔쳐보는 일이었습니다. 굽은 목덜미와 구부러진 등뼈를 살피는 일이었습니다. 그의 심장과 폐와 해마와 연수와 대뇌를 탐색하는 일이었습니다. 그리고 어느 순간 하늘을 향해 두 주먹을 불끈 쥐고 포효하는 것을 지켜보는 일이었습니다. 그러므로 처연하고 아득했습니다.

그는 말이 없었으나, 그의 시는 세상을 향해 어떤 절규를 내뱉고 있었습니다. 소통이 없는 소통의 현장은 한밤의 버스 안이었습니다. 서울역에서 도시 변두리로 빠져 나가는 광역버스는 그날따라 울퉁불퉁 요동쳤습니다. 피로에 찌든 변두리 시민들이 저마다 등받이를 젖히고 잠을 청하는 시각, 버스는 비상을 꿈꾸듯 심하게 요동쳤습니다. 그것이 그날 있었던 가장 시적인 순간이었습니다.

이제부터 너를 믿지 않기로 해
불붙은 초록들이 펼치는 메스꺼운 춤은 그만 보기로 해
초록은 거짓말을 했어

(중략)

헛기침하는 황혼 녘을 지나
신기루의 영토를 빠져나오고 싶어
일몰의 그림자는 긴 혀로 돌사탕보다 단단한 외로움을
핥고 싶겠지
여름꽃은 흠뻑 풀물이 들어 살 테니
돈오돈수의 무릎을 치는 일도 마지막이야
아무래도 너와의 간격을 좁히는 것보단 거래를 트는 게
더 낫겠지
이제부터 너를 기다리지 않기로 해
　　　　　　　　　ー「너를 기다리지 않는 기술」 부분

　하필이면 그때가 초겨울이었다고 말할 필요는 없습니다. 시적인 순간은 애초부터 시간과는 상관없는 일이었으며, 누군가에게 외침이 있다면 그건 언제나 목숨과 관련된 것이라는 것만 생각하면 되었습니다. 그러므로 그날의 시는 결코 낭만주의적 영혼의 분출과는 아무런 연관이 없었습니다. 오히려 가장 극단적인 리얼리즘에 가까웠습니다.
　시인은 '너'를 찾았습니다. "불붙은 초록들이 펼치는 메스꺼운 춤” 속에서 찾았고, “복잡한 시나리오가 토해 낸 어지럼증을 상영하는 스크린” 속에서도 찾았습니다. 그러나 ‘너’를 찾는 마음이 간절할수록 오히려 ‘너’는 사라져 버렸습니다. 세상에서 가장 완벽한 나의 대체재를 만나려는 의욕이 바로 그 세상으로부터 배신당할 때 강시현은 “돈오돈수의 무릎을 치는 일도 마지막이야”라고 말할 수밖에 없었습니다.

그렇습니다. 여기서 주목해야 할 것은 ‘너’는 타자가 아니라는 사실입니다. ‘너’는 ‘나’의 외부에 존재하는 ‘나’ 아닌 어떤 것이 아닙니다. 오히려 가장 완전한 ‘나’를 향한 열망이 ‘너’를 찾는 도정이었습니다. 그것이 너무나 절박한 과제였으므로 시인은 “너를 기다리지 않는 기술”을 제목으로 삼았습니다. 따라서 이러한 욕망을 자아탐구의 성찰적 태도라고 가벼이 단정해서는 안 되겠습니다. 세계와의 관계 속에서 끊임없이 ‘너’를 찾는다는 점에서 시인(‘나’)은 지금 ‘거래’(소통)를 트는 게 낫겠지라고 생각한 것이니까요.

또한 ‘나’를 어떤 초월적·절대적 경지를 향한 추상화된 이념이라고 말해서도 안 되겠습니다. 비록 ‘나’는 완전함이나 숭고함을 함축하고 있지만, 어디까지나 세계와의 관계 속에서 추구되는 것이기 때문입니다. ‘거래’가 그것을 말하고 있습니다. 또 여름-겨울로 이어지는 시간의 흐름 속에서 간단없는 너-나의 연결을 상정하고 있기 때문입니다.

그런 점에서 표제작 「사과가 있는 토요일」은 매우 감각적인 세계를 구현하고 있으며 강시현의 이번 시집이 담고

있는 많은 가작들 가운데서도 단연 주목에 값하는 작품입
니다.

이마 주름이 뭉개지도록 세안을 하고

애플 힙이 아닌 엉덩이에 주섬주섬 옷을 입히고

아파트 엘리베이터를 혼자 타고

차 시동을 걸고

과속 카메라와 신호를 따라 사거리를 건너고

구치소가 내려다보는 허벅지같이 완만한 고개를 넘고

고산성당과 파티마여성병원을 지나

싱싱한 활어처럼 펄떡이는 싱싱횟집 플래카드를 지나

죽기 전에 좌회전

애플치과와 GS25편의점을 지나

인적 없는 거리를 점령한 가로수를 지나

아이작 뉴턴의 떨어지는 사과와

스티브 잡스의 한입 베문 사과와

시위대에 터진 사과탄의 깊은 흡입과 깨진 앞니

꽃잎처럼 찢어 놓은 밀폐 용기 속 사과알을 펼쳐 보는

일곱째 날

어때요? 오늘은 사과하세요!

창세기의 사과를 몰래 건네줄까요

아마 사과받지 못할 거예요

속도에 집착하는 모난 성격을 보여줄 거예요

이 소음과 속도전의 먼지 속에 살아 있다는 게 신기할

거예요

오늘은 가능성의 사과가 있는지 궁금한 토요일이니까요

― 「사과가 있는 토요일」 전문

우리는 토요일에 살고 있습니다. 세안을 하고 주섬주섬 옷을 입(히)고 엘리베이터를 타고 차에 시동을 겁니다. 사거리를 건너 고개를 넘어 성당과 병원과 편의점을 지나갑니다. 우리는 세상 모든 것이 갖추어진 토요일에 살고 있는 것입니다. 그러므로 월요일도 토요일이고, 화요일도 토요일이고, 수요일 목요일 금요일도 모두 토요일인 시대를 살고 있습니다. 〈창세기〉에 따라 우리에게는 없는 것이 없습니다.

그러나 '한처음'에는 그렇지 않았습니다. 땅도 아직 꼴을 갖추지 못하고 비어 있는 데다 어둠이 심연을 뒤덮고 있는 가운데 "하느님의 영이 그 위를 감돌고"(창세 1,2) 있을 뿐이었습니다. 마침내 하느님이 "빛이 생겨라"(창세 1,3) 하신 다음 그것과 어둠을 가르니, 그날이 첫날이자 월요일이었습니다. 첫날에는 그것들밖에 없었습니다. 이튿날에는 하늘이, 사흘날에는 땅과 바다와 풀과 과일나무가, 나흘날에는 해와 달과 별들이, 그 다음 "큰 용들과 우글거리는 온갖 생물들"(창세 1,21)이 생겨났습니다. 그렇게 닷새가 흘렀습니다.

엿새째 되는 날 비로소 "우리와 비슷하게 우리 모습으로 사람을 만들자. 그래서 바다의 물고기와 하늘의 새와 집짐

승과 온갖 들짐승과 땅을 기어 다니는 온갖 것을 다스리게
하자”(창세 1,26)시며 하느님의 모습으로 사람을 창조하였습
니다. 그날은 토요일이었고, 그래서 우리는 모두 토요일
의 사람입니다. 그리고 이렛날 하느님은 쉬셨습니다. 그
분은 “이렛날에 복을 내리시고 그날을 거룩하게 하셨”(창세
2,3)습니다.

어떠신가요. 「사과가 있는 토요일」에서 강시현의 ‘토요
일’은 우선 번다한 일상 그 자체로 보이지만, 그가 이와 같
은 신앙의 깊이를 함축하고 있는 게 보이지 않으십니까. 그
러므로 ‘사과’는 그냥 사과가 아닙니다. 뉴턴의 사과이기도
하고 잡스의 사과이기도 하지만, 무엇보다 반성과 성찰의
사과(謝過)이기도 한 것입니다. 그것이 너무나 통절하기에 “
아마 사과받지 못할 거예요”라는 시행이 우리의 폐부를 찌
릅니다.

그렇지만 우리가 눈여겨보아야 할 것은 이와 같은 신앙
적 성찰을 일상의 언어로 아우르는 그의 감각입니다. 세안
하고 옷을 입(히)고 엘리베이터를 타고 차에 시동을 걸고 사
거리와 고개를 지나 성당과 병원과 편의점을 스쳐가는 일상
속에서 반성과 성찰을 탐색하고, 뉴턴과 잡스와 사과탄을
통해 인간의 역사와 시대의식을 표현하는 기예가 아주 특별
한 언어적 감각의 후원을 받고 있습니다. 그래서 “오늘은 가
능성의 사과가 있는지 궁금한 토요일”이라는 주제적 시구가
매우 육중한 존재론적 탐색으로 읽히는 것입니다.

아무렇게나 길을 낸 실개천

　서정시에서 감각이 예리하다는 것은 현실을 인식하는 내면의 기울기가 가파르다는 뜻이겠습니다. 그러므로 시인이 감각적일수록 그의 내면에는 날카로운 생채기가 나 있기 마련입니다. 가장 감각적인 것은 가장 고통스런 것이고, 그렇기에 우리는 시적 감각을 내면의 상흔이라고 말할 수 있는 것입니다. 우리가 시에서 빛나는 언어 감각을 찾는 것은 가학적 욕망의 충족을 원하는 것이 아니라, 아무나 범접할 수 없는 그 내적 언어를 통해 우리 자신의 상처를 치료하고 싶기 때문입니다.

　강시현의 시 세계를 형성하고 있는 철학적–윤리적 뿌리는 앞서 본 '사과'라고 하겠습니다만, 나아가 그것을 지탱하는 언어적 감각이 예리하다는 것은 그만큼 그가 날카로운 내면의 상흔을 품고 있다는 뜻이 되겠습니다. 그것은 실로 "아무렇게나 길을 낸 실개천"으로 보일지 모르지만, 그 물줄기 하나하나가 모두 생의 어떤 비극적 국면을 딛고 있는 것입니다. 가령,

　　수려한 이목구비와 다듬어진 체형을 상상했다면
　　우선 실패부터 안겨 드리겠습니다

　　당신이 개망초꽃을 아주 닮았다는 생각을 하며
　　산노을에 불 켜진 길을 걸어왔습니다

여름을 키우던 당신은 처음 본 식물 같았습니다
당신의 몸이나
살구나무 잎이나
신열을 접붙여 놓은 탓에 낮달처럼 부풀어 있었습니다

여름을 꽁꽁 앓던 당신 머리맡에 턱을 괴고
윗목 구석 다듬잇돌처럼 우두커니 앉아
당신 몸에 피는 삼십구 도의 쓸쓸함을 읽어 보기도 했
습니다

눈 녹을 무렵부터
강물을 거슬러 오른 연어처럼 군데군데 당신은 몸이 헐
어 아팠습니다
스웨터 목처럼 늘어난 당신의 장방형 신음 위로
스물네 절기가 지나가며
쌀뜨물 같은 별이 뜨기도 했습니다

앓는 당신 곁에 이따금 당신의 졸음을 베고 누워
하루에 한 줄씩 당신을 읽으면 내 눈에
아무렇게나 길을 낸 실개천이 흘렀고
마른 젖을 방바닥에 늘어뜨린 당신의 긴 잠이
내 몸에 자리 잡았습니다

강풍에 살구나무가 풋열매의 손을 놓치고

　　자신의 노후를 지켜주지 않는다고 여름이 취해 비틀댈
무렵
　　한 번도 당신을 미인이라 불러 준 적 없던 나도
　　어떻게든 당신을 더는 볼 수가 없게 되었습니다
－「미인도」 전문

　　이목구비가 수려하기는커녕 "아무렇게나 길을 낸 실개천
이" 흘러가는 얼굴입니다. 차라리 개망초 꽃 같고, 부풀어
오른 낮달과 아주 닮은 형용입니다. 여기저기 터지고 찢어
지고 꿰맨 '당신'입니다. 그러한 외적 생채기는 말할 것도 없
이 모두 '당신'의 내면에 강렬한 빗금을 그어놓았을 터입니
다. 물론 그 시간 동안 슬픔과 기쁨과 분노와 평화와 희망
과 절망이 교차했을 것입니다. 진정한 미인은 "수려한 이목
구비와 다듬어진 체형"이 아니라 이처럼 일그러진 외양을
가졌다고 소리 높여 외치는 듯 시적화자의 짐짓 담담한 진
술이 오히려 처연하기만 합니다.

　　미인은 여름부터 아팠던 모양입니다("여름을 꽁꽁 앓던 당
신"). 그 양상을 한번 볼까요. "삼십구 도의 쓸쓸함", "몸이
헐어", "장방형 신음" 등이 '당신'의 아픔을 직접적으로 드러
내고 있는 감각적 시구들입니다. 신체적 체온과 정신적 쓸
쓸함을 병치시킨다거나, 신음을 장방형의 물상으로 표현하
는 것들 말입니다. '당신'의 투병 곁에서 시인은 그렇게 함
께 아팠던 것입니다. 아프지 않고서는 이런 감각에 도달할
수 없기에 말입니다.

175

그러나 미인은 끝내 '긴 잠'에 들고 말았습니다. "쌀뜨물 같은 별이 뜨기도" 했던 스물네 절기를 앓은 끝에 말입니다. 그리하여 한 번도 미인이라 불러 준 적 없었던 당신은 이제 "내 몸에 자리 잡았습니다." 처연합니다. 안타깝습니다. 그런데 보이십니까. 온몸의 감각이 오직 '당신'을 향하고, '당신'으로 인하여 모든 것이 날카로운 비명을 지르고, 찢어지고 부서지고 무너지는 마음결 말입니다.

미인이 아닌 미인을 상정하고, 그것을 그림으로 그려「미인도」라 칭한 작품을 통해 강시현이 말하고자 한 것은 무엇일까요. 그는 분명 필부필부의 삶을 그 어의에 반하게 보아야 한다고 두 주먹 불끈 쥐고 외친 것입니다. 한 사람의 삶이 우리 모두의 생이 되고, 한 사람의 '긴 잠'이 우리 모두의 죽음이 되는 순간을 보고 있습니다. 이는 삶의 보편성만큼 죽음의 필연성을 말하는 것이기도 하지만, 무엇보다 참다운 미인은 그의 빛나는 외양이 아니라 진실한 내면에서 온다는 통찰이기도 합니다.

늦서리가 물러간 사월이면
당신은 비탈밭 경사면이나
뒤안 너머 빈터에 호박씨를 심었습니다

덩굴손이 허무의 공간으로 뛰어들면서
아무것이나 붙잡을 요량으로
심연의 물컹한 시간을 감아올렸고

날벌레들이
너른 호박잎 아래서 눅눅한 가정을 꾸리고 번식했습니
다

고산족 라디오처럼 서로 신호를 잡지 못해
소음으로 지직거리던 식솔들의 주파수

모두 덩굴손으로 살았고
돌발성 애증을 염탐했고
쓸쓸함은 당신의 가장 오랜 직업이었습니다

흰자위만 남은 당신의 슬픈 눈 같은
늙은 호박의 배를 갈라 말린 하얀 씨앗이
우리 몸의 빈터에서 또 몇 대를 살다 갔습니다

– 「서식棲息」 전문

강시현의 『사과가 있는 토요일』에 보이는 또 다른 가편입
니다. '당신'은 비탈 밭과 뒤란 너머에 호박씨를 심었습니
다. 비록 "고산족 라디오처럼 서로 신호를 잡지 못해" 식솔
들의 주파수는 소음으로 지직거렸지만, "늙은 호박의 배를
갈라 말린 하얀 씨앗이/ 우리 몸의 빈터에서 또 몇 대를 살
다 갔습니다". '당신'은 그 모든 것을 가능케 한 사람이었습
니다. 그렇게 '가능성의 사과'였던 것입니다.
우리는 어디에 서식하는 건가요. 시인은 호박잎 아래라

고 말합니다. 그것도 전파가 잘 잡히지 않는 고산 지대입니다. 덩굴손으로 살고, 돌발적으로 애증을 염탐하는 곳입니다. 쓸쓸함이 직업이 되는 '바로 거기'가 우리의 서식지라고 말합니다. 참으로 그렇습니다. 우리는 어디에 있든 금빛 찬란한 영광의 궁전이 아니라 다 허물어져 가는 움막에 살고 있는 것입니다. 오해하지 마시기 바랍니다. 인간이 사는 곳은 그 어디든 처연한 삶-죽음의 국면일 수밖에 없습니다.

이밖에도 강시현이 제게 준 처연함과 아득함의 정조는 많습니다. 「오십 대」, 「피할 수 없는 휴일」, 「바다 향기」, 「사이」, 「한기」, 「새벽」 등 실로 많습니다.

북쪽으로 달포를 더 가면

그러므로 탓하지 말아야 합니다. 어느 누구도 탓하지 말아야 합니다. 누추한 움막과 헤진 옷가지와 헐벗은 육신의 원인을 타자에 두지 말아야 합니다. 수십 수백 층 건물과 금의(錦衣) 관복과 기름기 충만한 신체의 원인을 자신에 두지 말아야 합니다. 이원론적 대칭과 대립으로부터 벗어나야 하는 만큼 오만한 인간적 독선으로부터도 멀어져야 합니다. 인간은 누구나 삶-죽음 앞에서 똑같은 미물일 뿐입니다.

강시현이 "북쪽으로 달포를 더" 가서 만난 것들이 그것을 아주 선명하게 말해 줍니다.

열두 마리 개가 끄는 썰매를 타고

노르웨이 북쪽으로 달포를 더 가면

한밤중에도 주황빛 물결이 일어나는 섬이 나오지

최초의 사투리로 중얼거리는 섬들이 모여

처음인 바다를 메우고

팔을 뻗은 섬들이 진주목걸이 형상의 군도를 이루어

근육질 대륙으로 가 닿으려 하지

한밤의 심심한 산책과

몰래 너를 읽는 누드의 시간이 가득하지

네가 네 방황의 고삐를 붙잡고

바다표범에게도 없는 북쪽 바다 먼 길을 간다면

노르웨이 북쪽으로 달포를 더 가서

도망가 세울 지붕 아래 가벼운 세간을 들인다면

어느 날 문득 툰드라의 쓸쓸한 지축이 찾아와

오래 데운 제 몸을 흔들어 대겠지

　　　　　　　　　　　－「북쪽으로 달포를 더 가면」 전문

　시인은 "북쪽으로 달포를 더 가면/ 한밤중에도 주황빛 물
결이 일어나는 섬"이 나온다고 합니다. 그렇습니다. 극점
에 가까워질수록 대낮 같이 밝은 밤이 있습니다. 노르웨이

북단 위도 70.93도 넘어 '달포를 더 가면' 북극권 여름철의 전형적인 백야(白夜)가 나타납니다. 그것만이 아닙니다. 어디서든 '달포를 더 가면' 한밤중에도 섬이 나옵니다. 시인이 찾은(는) 것은 물리적 대상으로서의 섬만 아니라 "근육질 대륙으로 가 닿으려"는 강렬한 의지의 섬이기에 그것은 언제나 '달포'를 더 가야 만날 수 있는 것입니다.

만날 수 있는 것과 만나야 하는 것 사이의 거리가 '달포'입니다. 그러므로 섬은 고립된 개별자들이 아니며, 너나없이 힘을 모아("진주목걸이 형상의 군도") "누드의 시간"을 지나 "툰드라의 지축"을 찾습니다. 야생의 순결한 바다와 섬과 대륙이 보입니다. 달포의 거리를 두고 우리가 만나야 할 긍정의 공간이 있습니다. 극과 극은 하나입니다. 여기서 우리는 강시현의 시적 사유가 도달한 어떤 '높이'를 만납니다. 고고합니다.

그래서 이런 시편이 가능해졌습니다.

청주의 이순규 할머니는 스물에
열아홉 오인세 신랑과 부부의 연을 맺으셨단다
전쟁 나던 해
신혼 7개월 만에 열흘만 훈련받고 오겠다던 신랑이
스무 해가 넘도록 소식이 없자
사망신고를 하셨고,
그러던 중 20차 남북이산가족 상봉에서
65년이 흘러서야 늙은 신랑을 다시 만나셨단다

2박 3일간 12시간의 만남
북쪽에서 새장가 든 신랑은 육 남매를 두셨다는데…

신랑에게 서운하진 않은지 할머니께 여쭈니
살아 있어 줘서 고마우시단다

분단의 선물
이산가족 상봉

또 헤어지는 길,

땅에서의 무거운 인연
순간이 영원의 손을 붙잡고 흔들고

살다 보면 다시 만날 날 있으리라고
산천이 떠나가도록 크게 울어볼 날 있으리라고
순간과 영원이 하늘에 빈손을 흔들던
서기 2015년 가을 금강산

— 「헤어지는 길」 전문

　이순규 할머니는 탓하지 않았습니다. 이념은 남북을 갈
랐지만, 할머니는 새장가 들어 육 남매를 둔 남편을 65년
만에 겨우 12시간 만나고도 원통하다 분하다 하지 않았습니
다. 오히려 "살아 있어 줘서" 고맙다고 했습니다. 무시무시

합니다. 할머니를 통해 순간과 영원이 구별되지 않는 하나가 되는 기적이 일어났습니다. 그리고 시인은 그것을 아주 선명한 고화질 화면으로 담았습니다.

이쯤 되면 사과(沙果)로 촉발된 강시현의 시적 모티브가 〈창세기〉를 통한 반성적-성찰적 사과(謝過)를 거쳐 마침내 모든 것을 용서하는 대긍정의 사과(赦過)에 이르는 도정이라고 할 만하지 않습니까. 그와 같은 길에 「바르셀로나 해변」, 「겨울밤」, 「청명淸明」, 「선지자들」과 같은 작품들도 있음은 물론입니다.

그런데 "분단의 선물/ 이산가족 상봉" … 이런 통렬한 반전은 또 있습니다.

버스에서 내린 일가친지들은 남은 두어 시간 기다리며
커피를 마셨다
헤이즐넛으로
아메리카노 원샷 추가로

그동안 화구에 누운 여자는 부지런히 뼈를 태웠다
발골실이 호명하자 여자는 흰 항아리 안으로 걸어 들어갔다
먹이를 부수던 틀니도 제거되고
가슴이 두근거리던 증상만 그 속에 남았다

세월의 굼뜬 그림자는 곱은 손을 흔들며 중심을 놓치고

개망초꽃 일렁이는 개울가에 가까스로 이웃들은 살아
남았다

삼월 매화를 귓가에 꽂아 주며 웃던 날은 가고
연기처럼 춤추던 여자를 처음 읽던 때
마지막 조객이 된 신설 화장장 굴뚝이 커피 향을 피워
올리고 있었다
                           ─「여자가 춤추는 미래」전문

한 마디로 놀랍습니다. 화장(火葬)의 과정을 춤에 빗댄 표
현 말입니다. 장례를 축제로 만든 이청준(1939~2008)의 그것
과 같이 화로 위에서 여자는 연기처럼 춤을 춥니다. 그것을
받아 신설 화장장 굴뚝은 커피 향을 피워 올립니다. 삶을
고난으로 여기는 것과 같이 죽음을 절대적 이별로 상정하는
속세간의 인식을 완전히 뒤집었습니다.
  그렇습니다. 극과 극이 하나이듯 삶과 죽음도 하나입니
다. 그렇기에,

올겨울에는
큰이모네가 사는 수정동 비탈마을에
비둘기호 느린 기차를 타고 놀러 가야지
말린 담뱃잎처럼 야위어 휘청거리는 아버지 따라
비둘기가 끌고 가는 동화 기차를 타고
뿌연 국물의 뜨거운 홍합도 건져 먹고

부산말도 배워 와야지

—「비둘기가 끌고 가는 동화 기차를 타고」 부분

와 같은 작품이 가능했습니다. 세상을 떠난 이들과도 비둘기호 열차를 타고 얼마든지 놀러갈 수 있습니다. 홍합 국물도 마시고 부산말도 배울 수 있습니다.

앞서 "강시현은 무슨 사연으로 시의 길에 들어섰으며, 저는 또 어찌하여 이토록 시를 벗어나지 못하고 있는 것일까요. 아니, 시는 왜 강시현을 파고들었으며 또한 저를 파고들었을까요."라고 물은 바 있습니다. 이제 조금은 알 것 같습니다. 시는 처음부터 우리 곁에 있었던 것입니다. 저 아득한 15만 년 전부터 호모 사피엔스의 존재 조건은 단 하나도 변하지 않았으므로 시는 언제나 그 자리에 있었습니다. 그러므로 앞으로도 영원히 강시현과 함께 수많은 강시현이 나타날 것입니다.